スピリィチュアル

たちばな仁
Jin Tachibana

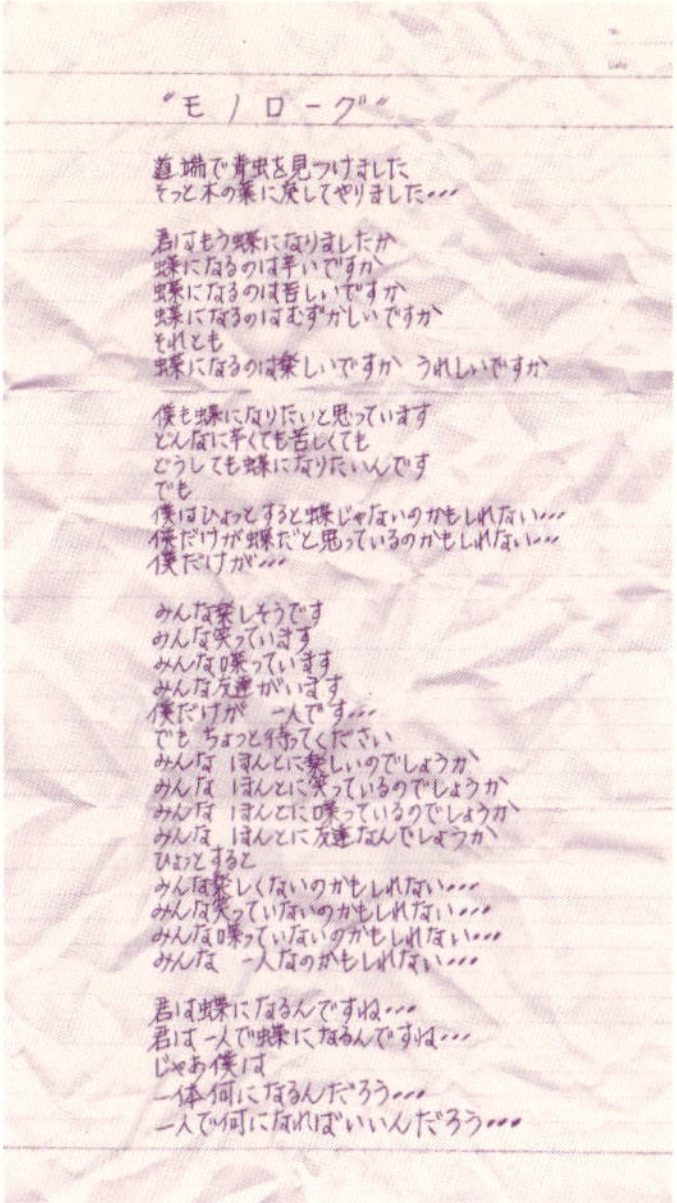
“モノローグ”

道端で青虫を見つけました
そっと木の葉に戻してやりました…

君はもう蝶になりましたか
蝶になるのは辛いですか
蝶になるのは苦しいですか
蝶になるのはむずかしいですか
それとも
蝶になるのは楽しいですか　うれしいですか

僕も蝶になりたいと思っています
どんなに辛くても苦しくても
どうしても蝶になりたいんです
でも
僕はひょっとすると蝶じゃないのかもしれない…
僕だけが蝶だと思っているのかもしれない…
僕だけが…

みんな楽しそうです
みんな笑っています
みんな喋っています
みんな友達がいます
僕だけが　一人です…
でも ちょっと待ってください
みんな　ほんとに楽しいのでしょうか
みんな　ほんとに笑っているのでしょうか
みんな　ほんとに喋っているのでしょうか
みんな　ほんとに友達なんでしょうか
ひょっとすると
みんな楽しくないのかもしれない…
みんな笑っていないのかもしれない…
みんな喋っていないのかもしれない…
みんな　一人なのかもしれない…

君は蝶になるんですね…
君は一人で蝶になるんですね…
じゃあ僕は
一体何になるんだろう…
一人で何になればいいんだろう…

元就出版社

スピリィチュアル

プロローグ

カズオは、両開きのレースのカーテンを両手で少し開き、眼下に広がる家々の明かりをリビングから眺めながら今日のことを考えていた。

《もう、五年になるのか……》

カズオが大学を卒業して六度目の夏が巡ってきていた。現在、カズオは母親と二人暮らし。母親は肺気腫を患い自宅療養中だった。

今日の午後、大学時代からの友人であるケンジが見舞いに訪れ、久しぶりに話に花が咲いた。その余韻をかってカズオは寝付かれないまま、遠い時代の様々な場面を再び想い返していた。大学生活の一コマ一コマがスライドを送るように、時には鮮やかな色合いを帯び、またモノトーンのくすんだ画像となって次々に甦ってきていた。ケンジはケンジで、お互いの若かった時代の総点検をして帰って行った――

「カズオ、お前はやっぱりカズオだよ」

そんなケンジらしいひとくさりを残して…

今、時計の針は0時近くを指していた。

○○○　1　○○○

昭和××年四月、カズオはK大学文学部英文学科に入学を果たした。それなりに達成感はあった。達成感の意味合いは単純に合格したという事実をさしていた。カズオの内に、これから——といった概念や意識の作用はないに等しく、当然、大学生活についての明確な展望など持ち合わせてはいなかった。

カズオは今、法文通りと呼ばれている坂道をゆっくりと上っていた。春の訪れとともに突然のクランクインが宣言されたかのように、キャンパスは溌剌とした息吹を発散していた。上るにつれ、一周四百メートルは優にとれそうな整備されたグラウンドが、時折の学生達の歓声を乗せて淡いウコン色の全容を右手に現わしてくる。

坂の左側は緩い斜面になっており、丹念に育成された木々が小さな森を形成し、黄緑と緑の葉が陽ざしの中で混ざり合い鮮やかな色合いの妙を実感させてくれる。そんな樹木を代表するかのように、坂道のなだらかな曲線を等間隔に縁取る桜が大振りの枝に満開の花を咲かせ、際立った存在感を示している。

風の誘いを受け、枝を離れた花びらの群舞が春そのものを現出し、木々を飛び交う小鳥のさえずりを背景に、この時季の風情を一心に物語る。高台からグラウンドに向かう斜面一杯を利用して造られた石段に集う学生達は、あるがままの時を過ごしながら、目の前に展開する自然模様に一体化する…

メインキャンパスには五つの学部が点在し、それぞれがそれぞれの領域を形作っている。正門から真っ直ぐに伸びる、通称本通りに沿って経済、経営、そして工学部の研究棟群が木立の間に見え隠れし、文学部は法学部と共に本通りからすぐに左に分岐する坂道に続く高台に位置していた。

今、その坂道を踏みしめて講義に向かうカズオは、多少靄《もや》のかかった青空と風に舞う淡いピンクの花びらの風景の中で、この場面に自分が存在していることに多少の違和感を覚えながらも、敢えて選んだ世界に、とりあえず身を置くことのできる安堵感を見出していた。

高台に辿り着いたカズオは、講義までの暫くの時間、石段のてっぺんに腰掛け何人かの学生達の仲間入りをした。一望のもとに見渡せるグラウンドの片隅では、数人の学生が草野球に興じていた。どこからか聞き覚えのあるギターの調べが断片的に聞こえてくる。カズオは何を考えるでもなく、ゆったりと流れる時間に身を任せていた。それまでの生活を時間の谷間に落とし込み、一気に押し流してしまったかのような、一種、開放感の余韻に浸ってもいた。

しかし、眼前の光景にすんなりと溶け込むことのできないもどかしさを覚えるとともに、まるで自分が枠に納まりきらない、ジグソーパズルの最後の一片のようにも感じていた。

《いつものことだ……》

かなり法文のキャンパスがざわついてきた。講義が終わろうとしていたのだ。坂道を上って来る学生の数も増えてきている。突然、後ろから肩を叩かれカズオは振り向いた。ジーンズのベルトが目に入り、目線を上げてそれがケンジであることが判った。

「昨日は偶然だったな」

その声に、出会ったことが迷惑ででもあるかのようにゆっくりとカズオは立ち上がり、ジーンズの前ポケットに両手を突っ込みケンジと向き合った。

「ああ、そうだな……」

二人は並んで腰を下ろした。カズオの脳裏を、昨日の幾つかの場面が掠めていた。


大学入学後二週間程して開かれた英文学科親睦コンパにカズオは参加せず、その日はカナエと会っていた。カナエはカズオのバイト先のレストランでパートのレジ係として働く人妻だった。

「カズオ君、合格祝いしてあげる」

そう言ってカナエが指定した日は親睦コンパと同じ日で、場所も同じO市の北の繁華街だった。カナエの誘いが食事だけではないことを承知でカズオはその誘いを受けた。筋書き通り、食事が終わってカナエはカズオをホテルに誘った。

何かに急き立てられるようにカナエを求めようとしたカズオは、結局、カナエの言うがまま、されるがままに初めて女を経験した。カズオにとって予想外の展開ではあった。ただ展開がどうあれ、それは単に新たな一つの現象にすぎず、その一部始終は業務マニュアルのごとくカズオの内にファイリングされた。

「十時には帰っておかないと……、電話が掛かってくるの。じゃあまた、来週木曜日に」

意味ありげな笑いを浮かべてカナエは帰って行った。その後ろ姿を見送りながら、カナエの形のいい乳房や狂おしい表情を振り払うかのように、カズオは目をぎゅっと閉じたまま二、三度左右に頭を振った。カナエとの関係は、その後半年間に亘って続けられることになった。

繁華街に一人残されたカズオは、すぐには帰る気がせずにぐずぐずと商店街を物色し、衝動的に喫茶店に立ち寄った。黒い模造皮革の背凭れイスにぐったりと座り込んだカズオは、天井に視線を漂わせた。いつしか、ゆっくりと形を変えながらうねる紫煙にカナエの姿態がいびつに映し出されていた……

「女は感じたいものなの――」

そう言ってカナエは大きく脚を開き、その部分に指を這わせた。その指の動きを見ていたカズオがカナエの眼差しを捉えたとき、それまで見たこともない異様なものを目にした。それは、情欲にどっぷりと浸りきった雌の眼だった……

「くだらね――」

小さくひとりごち、カズオは冷めたコーヒーの残りを飲み干した。そこへコンパ帰りのケンジ達がやって来た。

ほろ酔いのケンジがポンとカズオの肩を叩いて声を掛け、そこにダイスケとマサキも同席した。有無を言わさず座り込んだ者達を前に、カズオは無表情な視線をゆっくりと一人ずつに向けた。ぎこちなく簡単に自己紹介を済ませた後、カズオを除く三人はコンパの様子を皮切りに、様々な話題を持ち出しては座を賑わした。正面に座ったケンジが時折カズオに視線を向け、その度にカズオはまとわりつく蝿を追い払うかのように目を細めた。そんなことにはお構いなく、ケンジは執拗にカズオの反応を窺うしぐさを見せた。

カズオが同じ学科の者と膝を交えたのはその時が初めてだった。三人の他愛ない話に耳を傾け少年のようなあどけなさの残る表情を見詰めながら、カズオは、自分もまた同じ範疇に属することを改めて感じていた。

《大学生……》

その言葉の響きがその時のカズオには違和感なく受け入れられていた。それまで顔は見知っていたものの、ほとんど接触のなかった者達を前にして、不思議な一体感が心を満たしていることにカズオ自身も意外だった。しかし、心の動きと表現の相反に異を唱えるつもりは今のところカズオにはなかった。

カズオの周囲には友人と呼べる者は唯の一人も存在していなかった。それまでのカズオにとって、人間とはすなわち、不信を意味する以外の何者でもなかった。結局、カズオが一言も口を挟むことなく語らいは終わりを告げた。

喫茶店を出た四人は、明日、大学で会おうという申し合わせをして別れた。とりあえず、その時間と場所はカズオの胸に収まっていた。


カズオとケンジは言葉を交わすきっかけを探り合うでもなく、石段のてっぺんに並んで腰を下ろしていた。カズオにとって、何のためらいもなく他人と同じ時間を共有するという経験は久しくなかったことだった。ある時までに堅固な根を張り巡らした警戒心が、頑なにそうすることを拒んできた。

暫くして、草野球の動きを目で追いながら、突然ケンジがポツリと言葉を吐いた。

「お前って、どっかとっつきにくいとこあるよな」

カズオはその言葉を宙に浮かせたまま、グラウンドの向こうに広がる木々の緑を眺めていた。とっつきにくいという評価は今に始まったことじゃない——ケンジの問い掛けには敢えて返答を避けた。

「あとの二人はどうしたんだよ」

そう言いながらカズオは立ち上がって伸びをした。ケンジはカズオを見上げ苦笑いをしながら立ち上がり、右手の親指で後ろを指しながら言った。

「控室でぐったり状態……、二日酔いってやつでね」

それを聞いたカズオはくるりと背を向けて控室へと向かい、タイミングを逸したケンジは暫しその後ろ姿を見送った。

◯◯○ 2 ○◯◯

法文通りの桜並木…その情景は、カズオが大学時代を語り、また思い起こす際には必ず背景に捉えられていた。

満開の花が咲き誇る様子に想いを馳せていると、ふいに掛け時計が時報のメロディーを流し始めた。そっちの方に首を回すと、時計の中でゼンマイ仕掛けの槌打ちが午前0時を告げていた。カズオはカーテンを閉じ、窓のすぐ傍に置かれた革張りのソファに腰を下ろし、煙草に火を点け脚を伸ばした。紫煙がたなびいて、窓からは遠い位置にある食卓の上のダウンライトにからみつく…

《少し風があるな》

開け放した窓から吹き込む風にレースのカーテンがゆったりと波形をつくっていた。カズオはすぐに煙草を揉み消し、ソファに凭れかかりおもむろに頭の後ろで手を組んだ。

大学入学当初の記憶が呼び覚まされたのをきっかけに、時系列に整理し直された膨大な記憶の断片の一つを、カズオは呼び出していた……

カズオとカナエとの関係はその後も規則正しく続けられていた。毎週木曜日、講義を終えたカズオは電車でO市まで出、待ち合わせの喫茶店で文庫本を読みながら時間をつぶし、いつも通り五分の遅刻でカナエが姿を見せるとそのままホテルへと向かった。

カナエとはバイト先で出会った。カズオは、自宅のアパートから自転車で十五分程のところにある郊外レストランでアルバイトをしていた。浪人時代から始めたもので、大学入学後は月、水、金の夕方から勤めていた。そこへパートのレジ係としてカナエが来るようになった。カナエを見た瞬間、ときめきではなく好奇心でもない、感情を超越した本能の疼きを覚え、カズオはそんな気持ちの動きと何のためらいもなく妥協した。

カナエにとっては、その年の始めから本社出向となりひと月に一度しか戻ってこない夫の代用として、カズオは申し分のない第一候補だった。三十二歳のカナエにとって、欲望は満たすべきものであり、自分に猶予を与える余裕はもうなかった。

働き始めたその日から、カナエは先輩であるカズオから仕事の手順を教えられた。そしてカズオは、カナエに雄を求める動物臭が漂っていることを敏感に察知した。しかしけっして自分から誘うことはせず、思わせ振りな言動でカナエを揺さぶった。

そんな日々の繰り返しの中で、カズオのしなやかな裸体を思い浮かべながらカナエは何度か自慰に耽った。結局、カズオの策略にカナエは屈することになった…

入学して二ヵ月が過ぎようとしていたある木曜日、くすんだレンガ色に統一されたホテルの一室で、カズオはいつものように極限に達した。その瞬間だけがカズオにとって意味があった。カズオが求めていたものは、自分を迎え入れてくれる女としての機能を持つカナエ、だと言っても言い過ぎではなかった。それは、性に対するいびつな観念の具現であるとも言えた。

今、カズオは長々とベッドに身体を投げ出し、うつ伏せになったままシャワーの水音に耳を傾けていた。もしこの時、カズオの内奥の深い淵を覗き込んだとすれば、まったく異質な情念を目にすることができただろう…

常に何かを求めて蠢き、時にはのたくりながら、不連続な発光を繰り返す得体の知れないエネルギー…。ただ、カズオ自身にもその実体はつかめておらず、無論、意識に上ることもなかったが、夢の中で、あるいは日々の暮らしのちょっとした時間の狭間で、カズオに対する執拗な働きかけが試みられていた。

バスルームのドアが開閉される音を聞き、カズオは反射的に起き上がった。

「じゃ、また来週」

ジーンズを穿こうとしているカズオに向かって、カナエはドアを背に言葉をかけた。シャワーを浴びたばかりの裸の上半身には汗が光り、淡い照明の中で筋肉が力強く収縮していた。カナエは、くっきりと刻まれた腹筋にもう一度触れてみたい衝動を抑え、カズオが頷いたのを確認して部屋を後にした。

Tシャツを着終えたカズオはナイトテーブルに置かれた電話を取り上げ、煙草を吸いながらフロントに連絡を入れて部屋を出た。勘定はカナエが済ませていた。

ホテルを出たカズオは、ショルダーバッグを肩にかけ、ジーンズの前ポケットに両手を突っ込み、駅に続く商店街をゆっくりと無表情で歩いて行った。そんな木曜日が何度となく繰り返されていった。


翌日は雨だった。寝坊をして午前の講義に間に合わなかったカズオは中途半端な時間に大学に着いた。どういう形にしろ、大学に足を運ぶということがカズオにとって唯一の自己顕示の手段だった。それは誰に対してというものではなく、自分自身を認識する意味合いが強かった。

授業中ということもあってキャンパスは閑散としていた。さらに雨が追い打ちをかけていた。法文通りの桜並木は緑濃い葉に覆われ、他の樹木にまぎれるように佇んでいる。

《大学生……か》

キャンパスに足を踏み入れるたびに決まってそんな感慨がカズオを包み込んだ。様々な意味がそこには込められていた…確認、安堵、希望、そして不安、戸惑い、焦燥…常に相反する感情がカズオの内に錯綜していた。

《俺って、どうなってんだ》

自分を捉えきれないはがゆさが常に付きまとっていた。そんな自問自答を繰り返すたび、貨車が引込線に入るように思考回路が行き止まり、そこから先に進むことはできなかった。今のところカズオには、その先に経路を見出す術も、意志もないに等しいと言ってよかった。

カズオの精神構造は、強いて言うなら結論を見出すことのない自己完結型と言えた。カズオの内には、不信感、猜疑心、警戒心、そしてある種の恐怖心といった負の観念で塗り固められた堅牢な防壁が形造られ、カズオを外の世界の営みから隔絶していた。そしていつの場合においても、内奥の情念はカズオとの対峙を怠ることはなかった。

いつになく思いを引きずりながらカズオは控室に入って行った。予想通り、ガランとした空間がカズオを迎えた。自販機でコーヒーを買い奥のテーブルに置き、丸イスを引っ張ってきて座る。控室とはいっても一畳大のデコラ張りのテーブルが三台と、その周りに木の丸イスが無造作に置かれているだけの、どちらかと言えば殺風景な部屋だが、不要な物を極力排除したようなその雰囲気と空間をカズオは気に入っていた。そしてそこに、学生達の語らいや笑い声が彩りを添える…暫くの間、コーヒーを飲みながら窓の外に降りしきる雨を眺めていたカズオは、バッグから文庫本を取り出して読み始めた。

カズオが文庫本に代表される小説の類を読み始めたのは、大学入学後のことだった。カズオにとって小説が指し示す世界は一種の情報源であると言えた。様々な描写、登場人物の言動、そして全体の展開も含め、それらを丹念に記憶ファイルに整理していった。ファイリング…今のカズオにとってそれが唯一、人としての営みを裏づける行為と言えた。

人間としてのあり方を知識として積み上げていく作業がまさに今、控室においてなされていた。講義が終われば、そんなカズオの試みの密かな支援者であるケンジがやって来るはずだった。

文庫本を読み出して十五分程経った頃、急に雨脚が強まり雨音が部屋中を包み込んだ。その音でカズオは目を上げ本を閉じた。雨脚は弱まる様子がなかった。胸ポケットから煙草を取り出して火を点け、シャツの袖を二の腕までたくし上げて脚を組んだちょうどその時、背中で声が聞こえた。

「あのぉ、すいません…火を貸して下さい」

それまでまったく気配を感じなかったカズオは、はっとして声の主の方に顔を向けた。艶のいいストレートの髪を肩まで伸ばし、黄色いコットンブラウスをさりげなく着こなした女子学生が壁を背にして立っていた。細身のグレーのジーンズが腰から下のラインを際立たせている。カズオは百円ライターを取り上げ火を近づけてやった。

女子学生は膝をちょっと折って火を点け、右の掌で煙を払った。カズオに視線を合わせ小首を傾げて礼を言った時、髪が揺れて、一瞬、甘い香りが漂った。化粧はしていなかった。どことなく疲れている——そんな印象をカズオは持った。

「じゃあ……」

そう言い残して女子学生は歩き去って行った。暫く後、煙草を吸い終えたカズオは改めて女子学生が去って行った方を見やった。もうその姿はどこにもなかった。後ろ姿を見送った時、波打つ髪が光を放っていたことをぼんやりカズオは思い出していた。


講義を終えたケンジが控室に入って来る様子をカズオは腕組みをして眺めていた。この頃には、ケンジの働き掛けに対する拒絶は影を潜めつつあった。カズオの内に芽生え始めた同調作用の結果、とも言えた…カズオが居ることに気づいた時、ケンジの表情が緩んだ。

「どうしたんだよ、寝坊か」

呆れた奴だと言わんばかりに正面に座ったケンジは、カズオの眼を探りながら煙草に火を点け、うまそうに一服吸った。

「出席カード、出しといたぞ。昼飯はおごりだな」

いたずらっぽい表情で話し掛けるケンジの顔を、右肘を着き掌で顎をさすりながらカズオは見ていた。

「飯、行こうか」

ひとこと言ってカズオは立ち上がった。ケンジは、期待はしていなかったものの、礼の言葉を聞けなかった不満を表情に表わしながらカズオの後について控室を出た。

法文学生用の学食は高台の一番奥にあった。午前の講義が終了するその時間は、いわば学食のかきいれ時だった。その日、普段なら学生達でごった返す学食の賑わいはなかった。カズオはケンジにバッグを預け座って待つように言い、窓口で食券を買いカウンターで盛り付けられた幾つかの食器を受け取り、二人分の定食を持ってケンジの隣の席に着いた。その一部始終をケンジは目で追っていた。

「悪いな……」

ケンジの言葉が聞こえなかったかのように、カズオは一心に食べ始めた。暫くして、ケンジは箸をとめカズオに話し掛けようとしたが、ひたすら食べ続けるカズオに取り付く島はなかった。カズオには食事をしながら話をするという習慣はないに等しかった。兄妹と両親の五人で賑やかな食卓を囲むケンジとは対照的だった。

食べ終えたカズオは脚を伸ばし、ひとつ大きく息をついた。そして、その時初めて気がついたかのようにケンジに顔を向けた。

「どうしたんだよ、黙り込んで」

ケンジは腕を組んでパイプイスに身体を預け、あきれ気味に笑みを浮かべながら言った。

「カズオ、お前っておかしな奴だよな」

高校卒業後、いわゆる宅浪をしながら大学進学を目指していたカズオと、たまたま出会った同学年の者達は口をそろえて言い募った—カズオ、お前、変わったな—やがてその評価が、お前は変わった奴だと断定的になったことにも気に留めることはなかった。

当時のカズオにとって、他人の評価で自らの在り方を云々することほど愚かに思えたことはなかった。しかし入学後、その状況は徐々に変化していた。固く閉ざされた鉄扉が何かの力でゆっくりと押し開かれていく軋み音を耳にし、垣間見る世界の眩しさに目を細める実感があった。少しずつ、頑なな心に揺らぎが生じていた。おかしな奴だというケンジの言葉は、自分を顧みるささやかな力をカズオに与えていた。

思いつめたようなカズオの横顔に、思わずケンジの口調も真剣味を帯びていた。

「怒ったのか？」

「そうかもしれねえな」

ひとり言のようにそう呟いてカズオは立ち上がり、返却台にトレイを置いて学食を出た。ケンジは慌ててその後を追った。

雨はほとんど止んでいた。傘を肩に担ぎ足元に視線を落とし、二人は並んで歩いていた。どう話を切り出したものか思案するケンジと、自分を気遣うケンジにかすかな煩わしさを覚えるカズオ…相容れない思いが、さらに二人の口を重くしていた。

文字通り吹き抜けの壁に設《しつら》えられた法文の掲示板の前まで来た時、カズオは腕組みをして立ち止まりケンジに向き直って言った。

「俺はこのまま帰る。じゃあな」

「午後の講義、どうすんだよ」

カズオはゆっくりと瞬きをしただけで、くるりと背を向け法文通りへと歩き去って行った。ケンジはその後ろ姿を束の間見送り、すぐに小走りに後を追った。追いついたケンジは前方に視線を据えたまま話しかけた。

「俺、お前に話があるんだ。ちょっと付き合えよ」

カズオは足を止めた。
「なんだよ、話って」

二人は正門を出て少し下り、通りから奥まったところにある喫茶店に入った。K大学一帯は丘陵地で、正門から駅に続く道もなだらかな坂道だった。大学のあるS市は新興住宅地として現在も発展を続け、O市の北東に位置する市全体が丘陵地であるといってもよかった。

駅に続く坂道は大学通りと呼ばれ、その両側には食堂、喫茶店、書店、文具店、そして小物店、写真館などが軒を連ね、どことなく朴訥とした街並みを作り上げていた。

二人が入った喫茶店はそのあたりでも老舗の部類に入る店で、木造の外壁がグリーン一色に塗られていたこともあって、店の名前とは別に、いつしかグリーンハウスという通称で呼ばれるようになっていた。

三十席程の店内はほぼ満席だった。キャンパスまで足を伸ばすことなく、とぐろを巻いている者もいれば、クラブか同好会の団体が活動スケジュールを練っていたり、真剣な顔つきでレポート作成に余念のないカップルもいたりする。カズオ達の隣の席では、詰襟を着た三人の男子学生が、芸能界や馴染みの女の話に現《うつつ》を抜かしていた。

ありきたりでどことなく活気に溢れた雰囲気に、カズオは妙にくつろぎを覚えていた。ケンジは一方で、周りに気を取られ落着きがなかった。

「で、話ってなんだよ」

カズオは角砂糖を一つコーヒーに落とし、掻き混ぜながらケンジを促した。その様子を見ていたケンジはちらっと上目遣いにカズオを見、徐ろに話しを切り出した。

「五月の中旬頃だったか、ゼミコンパのあった商店街の近くで見かけたんだ、お前と、あの人……あの人とはどういう関係なんだ」

今のカズオにとってあの人と呼ばれる存在はカナエしかいなかった。五月中旬と言えば…カズオには思い当たる節があった。ケンジの突然の切り口上にもカズオは平静を保っていた。煙草の煙をゆっくりと吐き出し店内を見回す。開け放した窓からは湿り気を含んだ風が緩やかに吹き込んでいた…

カズオはケンジに焦点を定めた。

「一言でいえば、雄と雌……」

余韻を引き摺るようなその言葉は衝撃的にも聞こえた。次の言葉を探りながら、ケンジはカズオを凝視していた。

「なんか、言いたいことがあるみてえだな」

ケンジにとってカズオは、それまで付き合ってきた者たちの範疇には入らない、どちらかと言えば避けてきた部類の人間だった。しかしカズオはそんな連中とは何かが違っている—ケンジの胸中にはそんな思いがあった。それは推して量る、と言うよりは本能的に感じる何かだった。小さな溜息をひとつ吐き、ようやくケンジは口を開いた。

「俺の兄貴の知り合いなんだ……その人」

ケンジの兄は業務用エアコン取り付けの請け負い業を営む、所謂、下請け業者だった。カナエの夫はその親会社にあたるメーカーの営業課長で、仕事人間として勇名を馳せていた。そしてカナエは、自分を顧みない夫に飽き足らず、常に派手な交際の噂が絶えることのない女性として知られ、それは下請け業者にまで聞こえていた。半年毎に開かれる下請けをも含めた恒例の夫婦同伴の慰労パーティーで、ケンジの兄は何度かカナエの姿を目にしていた。そしてその日、室外機の設置に手間取ったケンジ達は夕食を済ませて帰ろうと通りに出て、反対側の歩道を歩いている二人を目撃した。

「俺達、お前とその人が通りを歩いていて、ビジネスホテルに入ってくとこを偶然見掛けた」

その日、海外研修に赴いていた夫と連絡がとれないことを幸いに、カナエはいつものラブホテルではなくビジネスホテルを予約し、カズオと共に一夜を過ごした。

「それで?」

腕組みをした無表情なカズオが問い掛けた。

「そういう女だってことをお前に知らせとこうと思ってさ」

核心に辿り着いたことで、なんとなくケンジは重荷を下ろしたような心境になっていた。

「そうか……けど、そんな女だから付き合ってんだよ、俺」

薄笑いを浮かべ捨て台詞のようにカズオは言い放った。それが予期せぬ、つっけんどんな答であったにも拘わらず、穏やかな表情を保ったまま、ケンジはカズオのある一面に思いを巡らせていた。不遜にも思える表情のカズオを前にして、初めて一緒に法文通りを歩いた時の、満開の桜を見上げるカズオのすずしげな目と、すっきりとした表情が脳裏を過《よ》ぎっていた。

そんなケンジの妙に落着いた眼差しに戸惑いながらも、カズオは無言のメッセージを送っていた。

《ケンジ、もう俺に構うなよ》

その時、内奥の情念とカズオとの間で密やかな交流がもたれていた—無秩序に縒《よ》り集められ圧倒的な力の作用で、凝縮され色を失ったミクロの糸の塊を一本ずつ選り分けていく、黙々とした営みだった。

〇〇〇 3 〇〇〇

《そんな時があったな……》

それは回想というより確認に近かった。そして記憶ファイルに記された項目には、微妙な心理描写が欠落しているとカズオは感じていた。

《といって、俺自身にもはっきりとは言い表わせない》

十年にも及ぶ時を経た自己分析━カズオは、当時の自分を明確に捉え切れない歯がゆさを覚えていた。

小さな溜息を吐き灰皿を持って立ち上がったカズオは、煙草を吸うために台所のレンジフードの下に行った。ファンのスイッチを押し煙草を点ける。立ち昇る一筋の煙が、カズオの眼にくっきりと映し出されていた。

母親が退院してきてからは、そこがカズオの正式な喫煙場所となっていた。今、母親は訪問看護を受けながら肺気腫と闘っていた。医師の指示、指導には極めて従順だった━数を数えるように折っては伸ばす両手の指運動、軽い足慣らし、そして就寝時の酸素吸入━今を生きる━それは病魔との闘いであり、年老いた母親の最後の挑戦でもあった。生に対する健気で強い執着━それこそが母親の自我そのものであるようにカズオには思えた。

煙草を吸い終わったカズオは、対面カウンターからリビングを覗き込んだ。カズオ母子の住むマンションは3LDKで、二人にとっては申し分のないスペースだった。ソファが置かれラグの敷かれたリビングを眺めているうちに、新たな記憶ファイルのページが捲《めく》られた……

カズオ母子は、父親が死にカズオが社会人としてある程度の経験を積むまでの数年間、O市の東に位置するH市の狭いアパートで暮らした。六畳と三畳、そして二畳程度の台所があるだけの古い文化住宅で、それが当時のカズオ母子にとっては精一杯の生活空間と言えた。雨漏りがする天井をネズミが走りまわり、台所の窓にはまともに西日が射し込む、そんな劣悪とも言える環境の中でカズオ母子は淡々と日々を送った。それまでの生活において、すでに耐える素地は作られていた。

引越した当初、狭い空間を基点として母親は毎日の労働に明け暮れ、カズオはアルバイトをしながら受験に備える毎日だった。しかし、母親がカズオの将来の為に耐えていたのに対し、カズオはそんな日々の暮らしから、過去に縛られた生活から一日も早く抜け出すために耐えていた。その手段として選んだのが大学進学だった。

《俺が変わったのは、親父が死んでからだな》

そうカズオが述懐するまでもなく、父親の死を境に、根底にあるものがそっくり入れ替わったかのように、カズオが大きな変化を遂げたのは誰の目にも明らかだった。しかしその変化の原点は、カズオの誕生まで溯ることになる。

カズオは私生児として産まれた。その事がカズオの人格形成に大きく作用したことは間違いない。しかしその事実が直接的に影響を及ぼしたと言うより、その事実を取り巻く周囲の思惑に翻弄されたと言うべきかもしれない。初めてカズオがその現実に直面したのは、小学校で漢字を習い始めた時のことだった。

《あの時のことは、はっきり覚えている》

両親の名前を十回ずつノートに書くという宿題が出され、カズオは母親に手本を書いてくれと頼んだ。最初に母親が書いた漢字はどちらもカズオと同じ姓だった。暫くの間カズオのぎこちない鉛筆の運びを見ていた母親は、カズオから鉛筆を取り上げて言った――カズオのお父ちゃんの名前、ほんとはこう書くのよ――

結局、カズオは二種類の父親の名前を書いて提出した。

「カズオ君のお父さんいいわね。二つも名前持ってて」

ノートを見た担任の教師の言葉は、父親が特別な存在であるかのような印象をカズオに与え、それ以来ことあるごとに、友人や親戚の者にまで父親が二つの姓を持っていることを話し、書いてみせた。

その時の冷ややかな親戚の者達の目は幼いカズオの眼中にはなく、母親もそんなカズオの行動を黙認していた。と言うよりそれが、父親にも通じる子育てと、教育の基本になっていた。思いのままに働き掛けを行ない、そこから様々なことを学び取ることにより、豊かな感性と自主性を身につけていってほしいという願いが込められていた。カズオは両親の庇護のもとに伸び伸びと育てられ、無邪気で溌剌とした幼年時代を過ごしていった。

その時代も含め、カズオが接する血縁といえば母方の親戚に限られていた。先祖は苗字帯刀を許された商家――それが母親のささやかな自慢で、カズオも何度かその話を聞かされ、幼心に自分が由緒ある一族の一員であることを密かに誇りに思っていた。そんな一族の中にあって、どちらかと言えば母親がはみだし者であることなど到底カズオにわかるはずはなかった。

八歳を迎える頃には、カズオは利発で機転の利く向上心旺盛な子供に成長していた。一方で、徐々に自身の出生や母親の生き様が、間接的にしろ否応なくカズオの精神構造に影響を与え始めていた。順当な形成過程に圧力が加えられ修正を余儀なくされた。そしてカズオの場合は、自分なりにその圧力を解釈し修正を助長していった。それと共に、カズオの持つ資質が本来の働き掛けを見失い、逆作用を起こし始めたのもこの頃だった。

その切っ掛けとなったのは、ほとんどの場合が日常の些細なやりとりだった。例えば年何度か一同が会する席で、久しぶりに会った従兄弟達とカズオがふざけあい大声を発しては騒いだりしている時に、大人達の射すような視線がカズオにだけ向けられ、その視線を感じたカズオはその度に萎縮し、そして学習していった―僕は騒いじゃいけないんだ。目立っちゃいけないんだ。でも、どうしてなんだ―そんなカズオの思いをよそに、居合わせた母親は飲んだくれては暴言を吐き、果ては誰彼構わず口論になってしまうという醜態を演じ、カズオに構うどころではなかった。そんな母親の行状はカズオの目には不可解この上ないものに映った。日頃の優しい大きな二重瞼の母親とはほど遠い存在に思えた。そしてカズオに対しては申し合わせたように、すべてお前のせいだと言わんばかりに非難の眼差しが向けられ、カズオが成長するにつれて厳しさを増していった。

また、個別に親戚を訪れる際にはまったく異なる状況が待っていた。母親の態度は常に遠慮がちで、まるで他人の家を初めて訪れるようなおどおどした物腰に終始し、カズオの存在は見事に大人達の視野の外に置かれていた。そんな場面に遭遇する度に、カズオは一刻も早く立ち去りたい思いに駆られたものだった。

いつの場合においても、直接誹《そし》りを受けたり理不尽な仕打ちを受けることもなかった。だがカズオにしてみればそうである方がまだ良かった。事あるごとに何食わぬ風に従兄弟達と別け隔てをし、常に自分を監視しているような大人達の無言の眼差しに、いつしかカズオは恐怖を抱くようになっていた。

しかし、親族の集まりには母親に手を引かれ必ず参加した。なぜ?――それはカズオにも判らなかった。カズオの頭にあったのは、恐怖に打ち勝つためにはどうすればいいのか、ただそれだけだった。何度も何度も、巨大な眼に追いかけられる夢に魘《うな》された。

なぜ自分だけが大人達の厳しい視線に晒され無視されなければならないのか、なぜ他の従兄弟達と同じように優しい言葉を掛けてもらえないのか――その疑問は思わぬ切っ掛けで解消されることになった。カズオが小学三年の時、いつもの遊び仲間の家で兜のプラモデルを組み立てている最中、突然、なんの脈絡もなくひとり言のように友人が呟くのが聞こえてきた――カズオのお母さん、お妾さんなんだろ――まるでそれが職業であるかのような言い方だった。最後の仕上げに余念のなかったカズオは手を止め、友人の顔を食い入るように見つめたまま、何も言うことができなかった。そしてそれが事実であることに確信を持った。何日か前に、偶然耳にした両親の会話の内容と、友人の言葉がぴったりと符合した
……

「そろそろ話してやった方がいいんじゃないか」

「そう……ね。でも、カズオはまだ十歳なんだし」

「ああ。だけど、突然他人の口から耳に入るよりはいいんじゃないか」

「そう……ね」

そこで会話は途切れた……

そんなことがあってから、学校であるいは家の周りで、友人達が集まっては自分を盗み見しながら、小声で話をしている場面を目にするようになった。ふと見交わした友人の目の中に、親戚の大人達と同じ冷たい光を感じることもしばしばだった。当然のことながら次第に彼等と遊ぶ回数は減っていった。けっしてカズオが遠ざけたわけではなかった。

カズオの胸中には、自分を取り巻く環境に押しつぶされたくない、その状況を何とか乗り越えなければならないという、決意にも似た思いが渦巻いていた。逆境という観念はなかったにしても、自分の立場が普通の子供とは違うこと、自分の存在そのものが様々な波紋を生むこと、そしてそれらは何ら自分の責に帰するものではないことは、カズオの内で明確に整理されていた。

それらを踏まえた上で、カズオはゆっくりと時間を掛けて対策を考え、まずいくつかの訓戒を自分に課した。

妾の子である事実を認識する――

妾の子と言われてもけっして怒らない、けんかはしない――

友人に対しても両親を含めた大人達に対しても、気持ちがどうあろうとけっして悪い印象を与えない――

しっかりした、良い子であるように努力する――

実際にカズオは、自分が決めた通りの自分になろうと必死だった。持って産まれた負けん気が小学生のカズオに力を与え、一時期、以前にも増して明るく元気で温和なカズオを見ることができ、友人達もカズオの周りに戻ってきた。その反動として、本来の資質は次第にカズオの内なる一画に、厳重に仕舞い込まれていくことになった。そんな一連の出来事が、その後のカズオの人格形成を決定づけてしまったと言える。

ある意味で宿命を背負って生きていかなければならなかったカズオは、常に微妙な心の揺れを感じながらも、子供心に、精一杯良い子であり続けることが、周りに受け入れてもらえる必須条件であると自分に言い聞かせていた。全てを拒絶するという選択肢がなかったわけではないが、敢えてそうはせず、あくまでも現状を改善することを優先させた。その時点においてはそれが最善の道であると考えられた。いつかは自分のことをわかってもらえるという周囲に対する期待が、まだカズオのどこかに残されていた。

しかしそれも呆気なく裏切られることになる。小学五年の春休みに訪れたある親戚の家で、一歳年下のまた従弟と部屋で遊んでいた時に些細なことで喧嘩となり、顔に爪を立てられたカズオは我慢しきれずに突き飛ばし、また従弟は頭を柱に打ちつけた。部屋に飛んできたその家の主は、泣き喚く息子を抱きかかえるようにしながら、憎しみのこもった眼でカズオを罵った―お前はおとなしくしてりゃいいんだ。でなきゃ、野垂れ死にするなり好きにしろ！——勢いに任せたその罵声は屈辱と深い絶望をもたらし、周囲に対する僅かな期待は瞬時に消え去っていた。

孤独のうちに手探りの自己改造を始めたカズオに、もはや後戻りは許されなかった。それは、自分の尊厳と自分自身を守るためには、どうしてもやり遂げなければならない難行でもあった。しかしその実践の過程においては、ある程度目的を達成する一方で思わぬ副作用を引き起こす結果になった。

それまで心の奥にくぐもっていた両親に対する思いが、異質な細胞の如く増殖し始めたのだ。母親に対する嫌悪感、そして父親に対しては憎悪にも似た感情が醸成され、カズオそのものには歪んだ自立心が植え付けられていくことになった。その時点で、カズオにとって父親と母親は、親子であるという事実すら認識不能な忌《い》むべき有機体と化していた。

《それから俺は、さらに自分を演じるようになった……》

中学生になった年の夏、カズオは祖母の法事で母親と共にM県に里帰りをした。法事の終わった次の日の朝、ふと目を覚ましたカズオは襖越しに叔母達の話し声を耳にした。

「この人追いかけて満州まで行ったのよね、姉さん。それもたった一人で……」

母親のすぐ下の妹にあたる叔母が話していた。母親は三姉妹の長女だった。

「あたし、姉さんのことはよく知らないけど、なんだか奔放に生きてたって感じね」

そう言ったのは三女にあたる叔母だった。母親とは二十歳近く年が離れほとんど生活を共にしたことはなかった。母親は高等女学校を卒業してすぐに、両親の反対を押し切りO市に働きに出ていた。当時としては極めて異例のことだった。

「そうねえ……姉さん、いろいろあったから……」

「でも、カズオ君は知らないんでしょ、この人のこと」

「だと思うわよ……たぶん」

「カズオ君も大変よね。まともに生きていけるのかしら、この先……」

最後の叔母の言葉を胸に留め、じっと天井に目を凝らしたままカズオは物思いに耽っていた。満州―一人―奔放―そんな単語を繋ぎあわせて物語を作り上げるのは、それほど骨の折れることではなかった。それは母親の男性遍歴の確たる証拠として、カズオの胸の内に深く刻み込まれた。

叔母達の話題の元となっている古い写真を、カズオは小学生の時に目にしていた。父親とは似ても似つかぬ風体の軍服姿の男と、流行の服に身を包んだ母親が並んで写っていた。一見して、その男が父親でないことは明白だった。しかし、一緒に写真を見ていた祖父に向かってカズオは敢えて次のような感想を述べた―お父ちゃん、顔変わったね…その発言は、母親を庇うと言うより少しでも疑問を抱いていることが祖父に知れた時に、自分に返ってくる言葉を聞きたくなかったというだけの理由によるものだった。

その頃には種々のデータの集積、整理、そして区分によって、両親に対するカズオの評価は動かし難いものになっていた。奔放に複数の男との関わりを持ってきた母親、そんな母親と最後に関係を持った父親―それは邪悪以外の何ものでもなかった。そして遍歴の行き着いたところが自分自身―それは、カズオに心の拠り所を見失わせるのに十分な結論と言えた。

以後高校を卒業するまでカズオは見事に優等生を演じきった。それを可能にしたのは、完璧ともいえる多重構造の人格だった。自身で創り育てたその人格は、唯一、カズオに残された生きるための手段であり、そうせざるを得なかった順当な帰結でもあった。

多感な時期を暗い情念に支配され続けたカズオにとって、次第に周囲の出来事は、自分とはかけ離れた映像のように移り変わる世界として捉えられていった。父親の死も例外ではなかった。

父親はカズオが高校を卒業するのを待っていたかのように、その二週間後に息を引き取った。約二ヵ月に亘る入院生活の間、母親は泊り込みで世話をしカズオも何度か見舞いに行った。その間、父親の身内は誰一人姿を見せなかった。大部屋の片隅で死の迎えを待つ父親の目は、カズオが見舞いに行く度に光を失い、土気色にどす黒く変色していった。それを目の当たりにしたカズオは父親の死を直感した。

冷たい雨の降る三月の初旬、もうほとんど視力を失った目を一杯に見開いたまま父親は他界した。臨終に立ち会ったカズオは表情ひとつ変えることなく、その死に様を、最後の一条の光を求めるような父親のあがきを、まるで被写体のように光の乏しいレンズに写し取っていた。

告別式の当日、カズオ母子はその末席から父親に別れを告げた。式は父親の身内が一切を取り仕切り、二人は黙々とその進行に従った。母親の身内からは二人の叔母だけが参列していた。細かい春の雪が舞う中、カズオ母子は寄り添うように出棺を見守った。その時、初めて母親の頬を涙が伝い、詰襟に身を包んだカズオは沈黙の叫びをあげていた──これでやっと、親父の呪縛から解放される！……同時に、周囲から身を守るための周到に創り上げられた仮の人格はかなぐり捨てられ、覆い尽くしていた鎧がガラガラと崩れ落ちていった。それはカズオが意図したものではなかった。父親の死が原因と結果という明確な関係を一瞬にして際立たせ、カズオに知らしめただけのことだった。

告別式から数日して、カズオ母子は家を引き払った。家は抵当としてすでに債権者の手に渡っていた。当日、二人の叔母と数人の幼なじみが手伝いに来てくれた。すべての家財道具が運び出されるのに、そう時間は掛からなかった。小さなトラックに荷が積み込まれ一段落した時、再びカズオはガランとした家に足を踏み入れてみた。一階の敷地半分程を打ちっぱなしのコンクリートが占め、奥に六畳の居間と台所があり、その向こうは裏庭になっていた。

次々に商売を変えた父親は、死ぬ数年前からスチール製の陳列棚を作る町工場を営んでいた。高熱の溶接で焼けた跡がコンクリートの随所に残っていた。スニーカーを脱いで二階に上がったカズオは、表座敷の窓の欄干に両手をついて外の風景を眺めてみた。小学校に入学するまで、その欄干に寄りかかってはぽつねんと、外の様子を見ていたものだった。

金魚売り、竿竹売り、しじみ売り、豆腐屋、そしてわらび餅といった独特の売り声や、様々な人が行き交うのを眺め、時々は近所の者とそこから挨拶を交わした。家の前に止まっている小さなトラックを除けば、十数年を経た今でもその風景に少しの変化も見られないように思えた。

狭い通りに沿った家並みはきれいに軒先を揃え、早春の陽を受けた瓦は黒々と輝き、ゆるやかに通りを吹き渡る風には、かすかに潮の香りが含まれている…快晴の空を背景に、群れを成した鳩が大きな楕円を描きながら無心に飛んでいた…

《もう、終わったんだ……》

部屋に向き直り、しんと静まり返った室内の佇まいをぼんやり眺めているうちに、突然、カズオの意志とは無関係に、ほとんど忘れかけていた遠い情景が甦った……

「ほらカズオ、出来たぞ」

そう言いながら父親はお面をカズオに渡した。それは、幼稚園の学芸会でカズオが演じることになっていたサルのお面だった。少しばかり絵の心得のあった父親が描いたそのお面は、色、表情とも写実性に富み、まるで本物のサルが微笑んでいるようにカズオには思えた。

「これ、お父ちゃんに似てるね」

誉め言葉のつもりでカズオは言った。

「ははは……そうか、そんなに似てるか」

「うん、似てる」
カズオはあぐらをかいた父親の脚の上にちょこんと座り、両手で父親の頬を挟んだ。少し脂っぽい肌と髭剃り後の手触りが心地良かった。カズオは小さな両の掌で父親を感じていた……

出発を知らせる声でカズオは我に返り、窓を閉めて階下に下りて行った。膝を寄せ合うように座ったトラックの助手席から、カズオ母子は住み慣れた家と馴染みの顔に別れを告げ、O市のはずれの、海の香り漂う下町の暮らしに別れを告げた。

まだ光溢れる春の夕刻、カズオ母子の去った無人の家を一陣の風が吹きぬけ、どこからともなく人声にも似た音が鳴り響いた。それは、うち捨てられた家の悲しみの叫びとも、あるいはカズオ母子を哀れむ父親の慟哭とも聞こえる響きを持っていた。

引っ越した直後から、様変わりしたカズオ母子の生活が始められた。母親は古い友人に紹介されたO市にある料亭に働きに出かけ、カズオは自分で探し出した郊外レストランのアルバイトをする傍ら、受験勉強を始めた。小遣いは自分で稼ぐ──新生活を始めるにあたりカズオが母親に対して声を掛けたのはその一言だけだった。父親の死後、二人の間に会話らしいやりとりはないに等しく、それぞれが自分の領分をそつなく淡々とこなす毎日だった。しかしその有り様には、はっきりとした違いがあった。母親がカズオの一挙手一投足に気を配っていたのに対し、母親の表情や気配りがどうあろうとカズオが意に介することはなかった。

カズオにとって今の生活は大学入学までのとりあえずの避難場所であり、母親は自分を援助する存在に過ぎなかった。状況を考えれば大学進学など到底及びもつかぬ分不相応とも言えたが、カズオは暗黙のうちに母親に了解させ、強引に既成事実を作り上げていった。

それによって生じる母親の負担、心労は自分の預かり知らぬことであり当然の報い、とも考えていた。さらに、それまでに被った精神的苦痛の代償を当然のように求めた。カズオにとって母親は罪を贖《あがな》って当然の存在だった。そんなカズオから押し寄せる執拗な波動の繰り返しが、ゆっくりと確実に母親の心を侵食していった。意識的にカズオは冷酷な裁きを母親に与え、母親はその裁きを甘んじて受ける、といった無言の攻防が、皮肉にも、カズオ母子の新生活の支えになっていた。

そのような状況において母親の心境は極めて明確に整理されていた。人一倍感受性の強い子―母親はその一点でカズオを理解していた。周囲からの様々な影響を受けやすい反面、豊かな感性を育て成長させる原動力。カズオに備わったある意味での能力―それによって、母親としての自分の生き様や、本人の生い立ちをどう受けとめるかの判断は、カズオ自身に委ねるしかないことも承知していた。しかし現状を思う時、何かがカズオ本来の姿を歪め、その原因が自分にあることも検証済みだった。あの時、こうしておけば…そんな呵責に苛まれ、そして耐えた。

暴力に訴えるわけでもなく乱暴な口を利くわけでもない、感情表現を捨て去ったかのようにその表情に全く変化は見られない。まるで石像のようなカズオのどこかに閉じ込められ、行き場を見失っている魂が目覚め、そして自分を見失い、冷血漢のように振る舞い、人間としてあるべき心を押し殺しているカズオが自分を取り戻すまで、何があろうと見守ってやるのが務め—そう覚悟を決めた時、母親の迷いは消えた。ただ、カズオの感受性そのものが光を見失い、さ迷っている世界に自分は入り込むことが出来ないもどかしさがあるのも事実だった。カズオの長い彷徨が始まりつつあることを予兆せざるを得なかった。

〇〇〇 4 〇〇〇

《あの時代の俺……まちがいなく俺だったんだ》

カウンターにペタンと両手を突いたまま、カズオは空《うつ》ろな目で宙を睨んでいた。幼・少年期のおぞましい体験、しかしそれがなければ今の自分はない…直線的に溯れば行き当たる時代ではあっても、今のカズオには、そこに通じる寸断された道とおぼしき残影を辛うじて確認できるだけだった。

もう一本、ゆっくりと煙草を吸い終えたカズオは、再びリビングに戻り、長々とソファに身を横たえた。もう秋虫が澄んだ鳴き声を響かせている。この辺りでは八月も中旬になると秋の先触れを感じることが出来る。その鳴き声に耳を傾けながら、新たな大学時代の記憶と、その時々の思いを辿りつつカズオは眠りに落ちていった……

閉塞した日々を捨て去り思いのままに生きる—そんな思いで入学した大学ではあったが、カズオにとっては釈然としない日々が続いていた。時間は余る程、自由は飽きる程に提供され、クラブ、思想活動、学問、そして友人、女との付き合いといった自由自在の設定があるにもかかわらず、カズオ自身が活用する意志と術を持ち合わせていなかった。生活領域を広げ潤いをもたらすはずの設定そのものが、カズオにとっては未知の領域に等しかった。

人間としての当たり前の営み、関わりにおいて、ある意味でカズオは取り残された存在であり、そうする為の基本的な素地を有する段階にはまだ至っていなかった。それは、凍りついたままの心を放置していた弊害であるとも、幾年にも亘った精神的窒息状態の後遺症であるとも言えた。

そんな状態の中、カナエとの関係は続き、友人達とはカズオなりの付き合い方で交流を保っていた。ただ、カナエは捻じれた欲望の単なるはけ口に過ぎず、友人達は自分が大学生であることを実感させてくれるだけの、刹那的な存在に過ぎなかった。しかし友人という呼び名の人間が自分の周囲に居ることは、ある意味においてカズオにとって画期的なことでもあった。

顔を合わせ語らいに耳を傾けるたび、徐々に警戒のレベルは低くなっていった。カナエについての忠告をしてくれたケンジは、素っ気ないあしらいを受けたにもかかわらず、それからも常にカズオのことを気に掛け、ダイスケ、マサキと共にカズオを仲間として迎えた。それまでのカズオにとって、友人とは偶然によって同時代を生きる通りすがりの存在に過ぎなかった。その定義が徐々に変わりつつあることをカズオは感じ、ことさら抵抗を試みることはしなかった。

大学生活初めての夏休み、カズオはバイトに明け暮れる日々を送っていた。学費を稼ぎ出す必要に迫られてのことだ。母親の仕事はその日に何人、何組の客があるかで一日の手当が決まる、いわば何の保証もない日雇い仕事だった。一年を通じて最も客足が途絶える夏の時期は生活費の捻出にも四苦八苦し、とてもカズオの学費にまで回せる余裕はなかった。母親から事情を聞いたカズオは黙って頷き、終日に亘りアルバイトに精を出した。その頷きに、母親の苦衷への配慮はまったく含まれていなかった。

基本的に、カズオの心は依然深い闇に閉ざされ、さ迷い続け、築き上げられた堅牢な防壁が頑なに外の世界との接触を拒んでいた。その状態に相対するように内奥を蠢く情念の活動はさらに激しさを増していた。カズオ本人も気づかない知られざる葛藤が昼夜を分かたず繰り返されていた。

九月を迎え、久しぶりにカズオ達四人は法文の控室に集まった。ケンジ、ダイスケ、マサキが休み中の話で盛り上がっている中、相変わらずカズオは傍らで黙って耳を傾け三人の様子を見つめていた—屈託のない表情、自然な発話、朗らかな笑い、それに伴なう身振り、手振り…時折ケンジの視線がカズオを捉え、カズオも話を聞いていることを表情で示した。それがコンパ帰りの喫茶店で出会って以来、四人が集まる際の定型だった。それがカズオの自然体であることが、ケンジだけではなくダイスケ、マサキにもようやく理解されるようになっていた。ケンジの場合とは異なり、暫くの間二人にとってカズオは—おかしな奴—でしかなく距離を置く存在だった。それがある時のケンジの言葉によって変化した。

「カズオってさ、赤ん坊とおんなじようなもんなんだよ」

それを切っ掛けとしてカズオの観察が始められた。そして確かにカズオの眼には、一心に何かを捉えようとする、あるいは何かを訴えかけようとする、無垢とも思える輝きが宿されていることを知った。二人にとって、カズオは新鮮で不可思議な未知の人格を有する存在へと変わっていった。

ダイスケとマサキは同郷でH県出身だった。ダイスケの父親は自動車部品の製造工場を営み、ダイスケは末っ子で上に兄と姉が一人ずついた。私立の男子校から一浪の末、K大に滑り込んだ。性格は楽天的で誰とでも打ち解ける柔軟性も持ちあわせていた。どちらかと言えば要領よく立ち回ることの出来るタイプだった。そんな性格も手伝って、誰もが一年もすれば辟易する寮生活をダイスケは卒業まで続けた。

一方、マサキは長男で高校生の妹が一人いた。慎重に事を運ぶ時があるかと思えば大胆に割り切って行動する時もあった。ダイスケが情緒的とするなら、マサキはどちらかと言えば理論派に属していた。父親はその地における有力企業の管理職で家庭は厳格だった。教育にも熱心で、マサキはそんな父親の影響を大きく受けていた。四人の内で唯一の現役生だった。

そのマサキが、話が一段落するのを待っていたかのように三人の顔を見ながらおずおずと切り出した。

「実は俺、お前らにちょっと相談したいことがあるんだけどさ」

その申し出を受けてマサキのアパートに行くことで話がまとまった。入学当初、マサキは三畳一間、食事付きの下宿屋に居たが、不自由さを嫌って夏休み前にアパートに移っていた。アパートは大学から歩いても十分程の閑静な住宅街の一画にあり、古いが手入れの行き届いた二階建ての木造建築で、部屋は一階に位置していた。

マサキのアパートをカズオが訪れるのは、その時が初めてだった。ケンジと並んで歩きながら、前に友人の住まいを訪れたのはいつだったか、誰の住まいを訪れたのか、自分にはその記憶がまったくないことに、改めてカズオは友人関係の希薄さを感じていた。

玄関でスニーカーを脱ぎ、磨き上げられた廊下の感触を確かめる間もなく、こげ茶色の木製のドアを開けて部屋に入る。部屋は六畳の広さがあり、一間の押し入れと簡易台所が付いていた。裏庭に面した窓を開けると、植込みが適当に視界を遮り、その向こうは細い生活道路になっている。

部屋には量販店まで行って買い揃えたコンポーネントステレオが畳にじかに置かれ、ちゃぶ台が中央の小さなスペースを占めていた。目に付く家財道具はそれだけで、あとの一切合切は押し入れに詰め込まれ人目から遠ざけられていた——十分なスペース——親からの仕送り——生活の余裕を思わせるステレオセット——思うがままの独りだけの城——部屋に足を踏み入れたカズオの頭の中をそんな思いが一巡した。

「それで、話ってなんだよ」

缶コーヒーを喉に流し込みながら、けろっとした表情のダイスケがマサキを促した。カズオを除く三人はちゃぶ台を囲んであぐらを構いて座り、カズオは窓の下の壁に背をもたせていた。太陽はまだ高く、木枠のガラス窓は大きく開けられてはいたが、四人の背中はじっとりと汗ばんでいた。暫く間があり、やがてポツリポツリとマサキは話し始めた。

「俺がバイト先で知り合ったOLと付き合ってるの、知ってるよな……」

実はそうなんだと、マサキはカズオに目で伝えた。

入学して二ヵ月目からマサキはO市の南の繁華街にあるコンタクトレンズの店でバイトをするようになり、そこへコンタクトを作りにやって来た商事会社に勤めるOLと付き合い始めた。切っ掛けはマサキが作った。親元を離れた独り生活の気安さもあり、二人は直後から肉体関係を持った。

マサキにとってはそれまで思い描くだけに終わっていた憧れの実現でもあり、夏休み中も故郷には戻らず付き合いを続けていた。そして九月の直前、映画を観た帰りに立ち寄った喫茶店で、その女性から妊娠していることを告げられた。それはマサキにとって予想外の突発事で、迷った末に、まず友人達に相談することを選んだ。

話し終えたマサキは缶コーヒーをゴクリとひと口飲んだ。喉仏がゆっくりと上下する。ケンジは天井を見つめたまま思案をし、ダイスケはちゃぶ台にじっと目を凝らしたままだった。マサキの付き合いのことを初めて聞いたカズオはそんな三人の様子を眺めていた。

やがてカズオを除く三人の検討が始まった—産むのかどうか、産んだ後どうするのか、相手の親は知っているのか、もう一度会って本人同志じっくり話し合ってはどうか、マサキの親にはどう話せばいいか、そしてマサキ自身の気持ちはどうなのか…その間、カズオは押し黙ったまま一言も口を挟まなかった。そして話が行き詰まりかけた時、初めてケンジがカズオに意見を求めた。カズオは三人の話を漏らさず聞いていた。聞いてはいたが、考えそのものは事情を理解した時にすでに固まっていた。

「マサキ、話きいてりゃ簡単なことじゃねえか。堕ろせよ、女に金やって……そんな女、別れちまえばいいんだよ。いくらでもいるだろ、セックスの相手なら」

それはカズオにしてみれば標準的な物言いだった。しかし時と場合も考えず、たとえそうであったとしても、言ってはならない言葉の羅列が三人を驚かせ、憤《いきどお》らせた。瞬時にダイスケが反応し、マサキへの侮辱に対して謝罪を求め、マサキは無言のまま非難の眼差しをカズオに向けていた。

部屋は一気に険悪な空気に包まれた。カズオの発言があってからじっと下を向いていたケンジが顔を上げ、穏やかな口調で諭した。

「カズオ、お前の言うこともわかる。けど、もうちょっと言い方ってあるだろ」

その時カズオは、分析不能な気持ちの揺れを覚えていた。怒りでもなく恐怖でもない、強いて言うなら、不連続に襲ってくる鈍い痛みのような感覚だった。無表情のまま立ち上がったカズオの口から、思ってもみない言葉が低く吐き出された。

「お前ら、格好つけんなよ！　冗談じゃねえよ！」

そう言い残してカズオは部屋を出た。駅に向かう道すがら、奇妙な気持ちの高揚にカズオは戸惑っていた。

《なんなんだ、この気持ちは……》

それは、未だかつて経験したことのない異質なエネルギーとの遭遇だった。

駅に着く直前、後ろから呼ぶ声に振り向くと、ケンジがこっちに向かって走っていた。構わず改札口を入ろうとした時、肩を摑まれた。ケンジの荒い息遣いが背中越しに聞こえ、カズオは向き直った。

「カズオ、マサキの部屋だけどさ、〈ネストクラブ〉って呼んでんだ、俺達。また来いよ」

荒い息の下でケンジは思いを伝え、右手をカズオの肩に置いた。

「お前、わざわざそんなこと言いに来たのかよ」

あきれ顔をしながらカズオは背を向けた。お前もメンバーなんだぞ！――ホームに向かうカズオの背中にケンジの声が飛んだ。その時、カズオの友人の定義に新たな修正が加えられていた。

結局マサキは一件を両親に話し、両親が相手の女性の家まで出向いて詫びを入れ慰謝料を支払うことで事は決着した。マサキは〈ネストクラブ〉の集まりで直接三人に報告を行ない、最後に心配かけた詫びと礼を言って締めくくった。

その間、カズオはマサキの表情を食い入るように見つめ、話を聞いているケンジ、ダイスケの反応を窺った。カズオの目にその状況は極めて意外で新鮮に写った。自分を曝け出す者とそれを真剣に受け取る者、自分の悩みを打ち明ける者とそれをまるで自分事のように考える者―そんな友人達の様子を目の当たりにして、カズオは、まるで小学生が初めて漢字を習う時のように、一つ一つの場面を心に刻み込んで行った。


前期試験が無事終了し、カズオにも従来の生活が戻って来た。そしてケンジ達との付き合いは以前にも増して親密度を深め、頻繁に〈ネストクラブ〉へ出入りするようになり、時には四人で麻雀卓を囲むこともあった。友人達は何の駆け引きも必要としない、心休まる時間をカズオに提供し、無意識に蘇生のきっかけを捜し求めるカズオの心が共鳴した。

しかし、反動の産物とは言え、築き上げられた強固で堅牢な防壁を突き崩すには、さらに苛酷な道程を経ることが必要だった。

友人達との付き合いに時間を必要とするようになったカズオは、一度だけカナエとの密会に出向かないことがあった。その時のカナエは執拗にカズオに理由を尋ね、今度の木曜日には必ず会ってほしいと何度も念を押した。

十月最初の木曜日、前回の分を取り戻すかのようにカナエの情欲には凄まじいものがあった。二度の交渉の後、ぐったりとベッドに身体を投げ出したカズオの傍らで、カナエはカズオの裸体をなおも手で弄《なぶ》っていた。喉元から胸へ、そして腹からさらに下へ…その間も身体中いたる所への口付けを休まなかった。そしてカズオの口元に顔を近づけた時、いつにない言葉を囁いた。

「カズオ、あたし、カズオのこと愛してるわよ。カズオは……」

目を閉じたままカナエの言葉を聞いていたカズオの顔に、歪んだ笑みが広がっていった。

《くだらねえー》

しばらくして呟くように言葉を吐いた。

「愛してやるから、金くれよ」

カナエの手が止まった。

「今、なんて言ったの」

カズオはがばっと起き上がり、カナエに背を向けてベッドに腰掛けた。今度は、はっきりと一語一語声を荒げて言った。

「金くれたら、愛してやるって言ったんだよ！」

立ち上がったカズオはシャワーも浴びずに服を着始めた。喉に何かがつっかえたように言葉なく、カナエはその様子をただ見つめていた。服を着終わったカズオは、ショルダーバッグを肩に掛けながらカナエに向き直った。

「俺達、終わりだな」

ドアがバタンと締まり、カズオの足音が遠のいていくのを聞きながら、あまりに見事で呆気ない突然の結末に、カナエはシーツに顔をうずめ忍び笑いを始めた。

カナエの脳裏に今まで関係を持った男達が過ぎっていた。中には街で拾った男も居た。噂どおり、カナエの男漁りは数年前から続いていた。それは夫に対する不信感から始まった。

結婚して五年目のことだった。興信所に調査を依頼しそれが真実であることを知ったその日から、カナエは夫に対し自分からは口を利かなくなった。夫には社内に愛人がいた。勝ち気なカナエはないがしろにされたことに我慢がならなかった。様々な男との関わりは夫への復讐の意味も持っていた。

しかし、カズオと付き合い始めてから状況が変わっていった。復讐の道具としてではなく、自分と共に人生を考え同じ歩幅で歩いてくれる相手として、カズオのことを考えるようになっていた。若い肉体、その力強さ、そして心の芯を揺さぶるようなその時折の表情、眼差し—そのどれも、夫はもちろん、それまでカナエが関係した男達にはないものだった。この人とやり直せたら—いつしかそんな夢を抱くようになった。それも今、たった一言で終わりを告げた。忍び笑いは、忍び泣きに変わっていった。

翌日、カズオはレストランのバイトを辞め完全にカナエとの関係を絶ち切った。カズオは愛を求めてはいなかった。言い換えるなら、カズオには愛という境地に足を踏み入れる態勢はまだ整っていなかった。

カズオと情念との密やかな対話がもたれていた……

漆黒の宇宙空間をさ迷いながら飛んでいた。まったく星は見えず、どこを飛んでいるのか、何の為に飛んでいるのかまったく判らなかった。やがてひたすら飛び続けるカズオの遙か前方に、淡い金色に輝く星が姿を現わした。そこへ向かっているのだと直感した。その星に向けて方向を定めた瞬間、カズオの身体はぴたっと停止した。理由が分からないままに振り向くと、不気味なエンジ色に輝く巨大な星が後方に出現し、徐々にカズオはその引力に吸い込まれていった。あらん限りの力を振り絞ってもその引力には逆らえず、しだいにスピードを増しながらその星に向かってカズオは落ちていき、金色の星は視界から消えていった……

そこで目が覚めた。酸欠を起こしたかのように息をするのも絶え絶えで、心臓が激しく胸板を打ち、全身はぐっしょりと汗に濡れていた。上体を起こして闇に目を凝らすと、狭い三畳の部屋が視界に捕らえられてきた。身体をよじって見た枕元の目覚し時計は、夜中の三時を少し回ったところを指していた。そっと襖を開け耳を澄ますと、すぐ隣の六畳で眠っている母親の寝息が規則正しいリズムを刻んでいた。

《どうしてあんな夢を……》

台所の窓の向こうは、まだ深い闇に閉ざされていた。

○○○ 5 ○○○

カズオは学相《がくそう》で新しいアルバイトを探し出していた。エレベータのメンテナンス会社の仕事で、都合のつく曜日、時間に出社すればよいという好条件で時給も悪くはなかった。レストランのバイトと違い食事こそ出なかったが、仕事そのものに面白味があり、カズオにとっては申し分のないアルバイトと言えた。違いの最たるものは、それがチームワークを要する仕事であるということだった。

常に相手を意識しスムーズに作業を進めていくための配慮を必要とした。社員の指示、指導に従いながらも、補助員としてそれなりの役割と、責任を果たさなければならないことにやりがいを感じることができた。コンビを組む社員と次週の出社状況を打ち合わせ、時間によって一件から数件の得意先を回る。仕事の手順はどちらかと言えば単純で、社員との簡単な打ち合わせでカズオにも十分理解することができた。

時にはエレベータの天井から出てその上に立ち、細い闇の空間を上下することもあり、また、屋上の機械制御室に入って様々な点検の補助をすることもあった。仕上げには一定の手順があり、カズオが各フロア毎にエレベータを停めながら動かし、機械室で社員がその動きをチェックしてその日の点検は終了となる。以後、カズオはそのアルバイトを卒業まで続けることになった。

エレベータ点検のバイトを始めてから一ヵ月余りが経とうとしていた。気が付けば、秋の気配が色濃くキャンパスを覆い尽くし、申し合わせたように木々の葉は黄金色に輝き、空はコバルトブルーに澄み渡っていた。この時期、カズオの大学生活にもようやく落ち着きらしきものがみられるようになった。

カナエという欲望の対象を失ったにもかかわらず、なぜか心には満ち足りたものがあった。それはカナエが何ら癒しをもたらす存在ではなかったことの証だった。カナエとの定期的な密会―それは、外の世界に眼を向け始めたカズオがまず最初に目を留めたことに起因していた。そこにあったのは、極めて原始的な感情の走りだけだった。そして結果として、一つの教訓をカズオにもたらした―がむしゃらな欲望の先に、進むべき道筋を見出そうとすることの愚かさを―さらに、友人達との付き合いがカズオの精神生活に様々な刺激を与えていた。

「カズオ、お前、なんか焦ってねえか」

ある時ケンジがカズオにそう言ったことがあった。何か根拠があって言ったのではなく、ケンジが肌で感じた思いをそのまま伝えただけのことだった。

確かにカズオの内において、開くに開かぬ扉に取り縋り、時には拳を叩き付ける、それまでには見られなかった試みが何度となく繰り返されていた。カズオは、ケンジの率直な感想を耳にし、例によって返答はしなかったものの、内なる変化の兆しをその時はっきりと自覚した。少しずつ、カズオを外の世界から隔てる堅牢な防壁に軋みが生じ始めていた。〈ネストクラブ〉の集まりはその後も頻繁にもたれていた。極端な場合は、その集まりの合間を縫って講義に出ていたと言っても言い過ぎではなかった。そこにおいては、ぎこちないながらも様々な形の交流を試みようとする、それまでには見られなかったカズオの姿があった。時折カズオの極論に他の三人の表情が硬くなる場面も見られたが、今ではケンジ、ダイスケ、マサキの鷹揚さが勝り、まずカズオを受け入れようとする雰囲気が定着していた。

ある日アルバイトが話題に上った時、カズオのエレベータ点検の仕事が注目を浴び、思わずダイスケが羨ましそうに言ったことがあった。

「カズオ、俺にもそのバイト紹介しろよ」

「ああ、今度聞いといてやるよ」

カズオは本心からそう返事をした。ダイスケにしてみれば本気で言ったわけではなかった。ただ、カズオが自分以外の者のことを考えて返事をしたことが、その場の三人に何かしら心満たされる思いを抱かせていた。カズオを支えあおうとする三人の友人達との出会い——それが極めて幸運な巡り合わせであることを、ようやくカズオも認識し始めていた。

十二月に入ってエレベータ点検の仕事も繁忙期を迎えていた。定期点検以外に修理の注文が増えるからだ。その頃にはカズオもかなり仕事に慣れ戦力にもなっていた。コンビを組む社員は毎週のように変わったが、けっして愛想がいいとは言えないカズオを、どの社員も可愛がってくれた。中でも、仲間内でチャンプと呼ばれているヒロシは、まるでカズオが分身ででもあるかのように何くれとなく面倒をみた。二十八歳で独身という身軽さから、コンビを組む時は無論だが、そうでない場合でも声を掛けて、頻繁に食事や飲みにカズオを連れて行った。話題は豊富で特に酒が入ると饒舌になった。

そんなヒロシからカズオは様々な知識を得ていった。こと仕事に関しては厳しく真剣に取り組み、その分誰よりも説明は丁寧でわかりやすかった。学生時代に水泳部で鍛えた身体は強靭で均整がとれ、彫りの深い顔立ちが誠実さを匂わせた。いつしかカズオは、兄のようにヒロシを慕うようになっていた。

ヒロシは、それまでカズオが望んでも叶えられることのなかった相談相手として、悩みまでも打ち明けることのできる存在になっていた。しかし、自分のこととなると途端にヒロシの口は重くなった。けっして自分から話を切り出すことはなかった。

「ヒロシさん、今まで何人の女を泣かしたんだ」

ある飲み屋で冗談まじりに聞いたことがあった。その時、言ったカズオが驚くほどヒロシの表情が凍りつき、すぐに笑顔に戻ってカズオを一蹴した。

「数が多すぎてわかんねえよ」

その変化をカズオはつぶさに観察した。その眼から、表情から、一瞬にしてヒロシが遙か彼方に遠ざかってしまったかのようにカズオには思えた。ヒロシは、カズオにとってそれまでに接したことのない、まだ明確に捉え切れない存在でもあった。

その年最終の講義が終了した日、カズオとケンジは帰郷するダイスケとマサキを見送った帰り、喫茶店に立ち寄り久しぶりに二人だけの会話の場を持った。暫く他愛のない話が続いた後、天井に向けてゆっくりと煙を吐き終えたケンジが突然、話題を変えた。

「あの人、離婚したらしいな」

カナエのことを言っているのだとすぐにカズオは察した。夫の目を盗み次々に男と関係を持ち、欲望のままに生きている女―カズオのカナエに対するイメージは今も変わっていなかった。そのカナエが夫と別れた。カズオは当然の質問をした。

「いつ離婚されたんだ」

ケンジは煙草を揉み消し、腕組みをして真っ直ぐカズオに視線を合わせた。

「今月の始め、かな。けど、自分から別れたらしいな」

ケンジの言葉は意外だった。そしてそのあとの言葉はさらにカズオを混乱させるに十分だった。

「そのあとすぐ旦那も会社辞めたって兄貴が言ってた」

まがりなりにも生活と地位を築き上げ、将来を嘱望されてもいた夫が退職した。カナエとの破局が原因なのか、それとも別の要因があったのか…カズオはライターを右手で弄びながら、ケンジの胸元に焦点の定まらない視線を漂わせていた。そんなカズオの様子を気遣ったのか、ケンジは慌てて補足した。

「いろいろあったらしいけど、お前が原因じゃないことだけは確かだよ」

ケンジはいろいろについては何も言わなかった。半年余りの情事、別離、そして自らの離婚、夫の退職—いったいカナエ夫婦に何が起こったのか—カズオは改めて、一方的に押し付けたカナエとの別れの場面を手繰り寄せていた……カズオのこと、愛してるわよ…その最後の言葉は、ひょっとして追いつめられたカナエの真情の吐露だったのではないか、俺はそんなカナエをものの見事に侮辱した……カズオはふっとした笑いをもらした。様子を見守っていたケンジは、その乾いた笑みの中に、自分にはどうしてやることもできない苦悩の滲みを捉えていた。

クリスマスソングと呼ばれる数々のメロディーは覚えやすく耳に心地良い。その前提にあるのは善であり幸福の追求だ。伝統的な讃美歌にしろ、商業用の歌にしろ、マイナーの旋律は恐らくひとつもない。人々はそんなメロディーに乗せて、過ぎ行く年を振り返り、来る年に思いを馳せる。カズオが高校時代からレコードが擦り切れるほど耳にしてきた黒人霊歌の類は、年の終わりに相応しいとは言えないかもしれない。

時季や風物がどうあれ、唯一カズオが無防備に等しく心を開くことができるのが音楽でもあった。中でも黒人霊歌と呼ばれる数々のメロディーに心惹かれ、それに拠り所を求めた。地の底から湧き起こるようなぶ厚いハーモニーを聴くと、不思議に安らぎを覚えた。苦難の歴史を織り込んだそのメロディーには、言いようのない悲しみと共に、それを踏まえて明日に続く道を見据えようとする、不屈の魂と深い祈りがあるようにも思えた。カズオは、黒人霊歌を始めとする音楽に身を委ねることで、無意識に自浄の願いをかけていたとも言える。

その年もあと数日を残すのみだった。

カズオはヒロシと共に社有車に乗り、巷の年末風景を眺めながら、その年最後の得意先点検を終えて会社に戻るところだった。社員と同じくアルバイトも、出社と退社時には必ずタイムカードを打刻することになっていた。

会社はO市駅から大通りに沿って南へ五分程行った、通りに面したビルの三階に事務所を構えていた。大手メーカーの子会社ということもあって、その業界では規模を誇っており、五十名程の社員と十数台の社有車が配備されていた。

ヒロシの運転はけっして荒っぽくはなかったが、小型のバンの荷台に積んだ点検具が道路の凹凸の度にゴトゴトと音を立て、時々カズオは振り向いてその様子を確認した。その日がカズオ達にとっても仕事納めだった。自分自身もそうだったが、なんとなくヒロシの気分も弾んでいるようにカズオには思えた。仕事が終われば、二人で忘年会をする約束になっていた。

何度か入ったことのある中華料理店は、家族連れや会社員でほぼ満席に近かった。隅に席を取った二人はまず生ビールで乾杯しお互いを慰労した。カズオにとってこんな形で年を越すのは初めてのことだった。

「今日はとことん飲んで食うぞ」

そう言ったヒロシの表情は、いつになく開放感に溢れていた。カズオは心を許せる人間が眼前に座っていることに満足し、ヒロシに出会えたことが今年最大の収穫とも感じていた。

「ヒロシさん、年末年始はどうすんだよ」

ビールにほんのりと頬を染めたカズオが訊ねた。ヒロシはいたずらっぽい笑いを浮かべて言った。

「そうだな。カズオと二人で温泉にでも行くか」

「うわっ、まるで恋人同志だな」

二人は声を合わせて笑った。そんな軽口が飛び交い時間は瞬く間に過ぎていった。

二件目のスナックで軽く飲み直しをし、ほろ酔い気分で屋台のラーメンを食べ終わった頃、間もなく日付が変わろうとしていた。思案げなカズオの表情を察知したヒロシは、カズオの肩に手を回し自分のアパートに来るかと訊ねた。そんな誘いは初めてのことだった。

カズオは躊躇なく頷いた。

O市の北の郊外には、戦後早くから丘陵地を切り開いた住宅団地の建設によって、今は一大ベッドタウンが形成されていた。ヒロシのアパートはそんな団地の一画にあった。

「すげえな！　まるで別世界だな」

タクシーを降り立ったカズオは居並ぶ団地に無邪気な感想を洩らした。部屋は団地の外れにある四階建ての棟の、四階の隅にあった。しんと静まり返った団地に階段を上る二人の足音が響き、ドアを閉める音がさらに響き渡った。

アパートには二つの部屋と台所があり、ヒロシは数年前まで母親と一緒に暮らしていたが、母親が病死した後は、結婚もせず広すぎるスペースでの一人暮らしが続いていた。部屋に足を踏み入れたカズオは、男の一人暮らしにしては整理整頓が行き届いているなとぼんやり感じていた。台所に置かれた石油ストーブを点け終わり、ヒロシの広い背中が立ち上がった。

「ビール、飲むか」

そう言って冷蔵庫から瓶ビールを一本取り出し、カズオの返事も待たずに栓を抜いた。カズオは台所に立ったままその様子を見ていた。コップを二つ食卓に置き、ビールを注ぎながら、まだカズオが自分の前に立ったままでいることにヒロシは苦笑を洩らした。

「何してんだ。遠慮せずに座れよ」

二人は改めてグラスを合わせた。半分程飲んで、カズオはグラスを置いた。

「ヒロシさん、ほんとに一人で住んでんのか」

ヒロシの太い右の眉がぴくっと動く。

「どうして？」

部屋がきれいだし…カズオはぼそっと答えた。それを聞いたヒロシは、俺は奇麗好きなんだと一笑に付した。飲み干したビール瓶とコップを流しに置き、ヒロシは風呂を沸かすと言って席を立って行った。一人になったカズオは着ていたジャンパーを脱いでイスにかけ、改めてヒロシという人間のことを考えた―よく面倒をみてもらってはいるが、それは仕事場とその延長線上だけの付き合いで、ヒロシ自身のことを、その心の内をじっくり聞いた記憶はない…どうしてだろう、なぜヒロシは自分のことをほとんど話さないのか…そこへヒロシが戻ってきた。カズオは思いを振り払った。

「俺、先に風呂入るから暇つぶしに見ててくれ」

そう言ってカズオに弁当箱大の箱を手渡し、ヒロシは風呂場へと行ってしまった。箱を受け取る際に見合わせた目やその表情がカズオの目に焼き付き、残像が暫く消えなかった。

渡された箱を見つめていたカズオは、ゆっくりと蓋を取った。中にはかなりの数の写真が入っていた。写っていたのは、すべて男性ストリッパーの一糸纏わぬ姿だった。男根をそそり立たせたものもあれば、二人、三人の生々しい絡みのものもあった。白人、黒人、東洋人、人種は多肢に亘っていた。それを一枚、一枚、何も考えずカズオはつぶさに見ていった。

全てを見終わり、食卓に積み重ねられていた写真を丁寧に箱に戻し蓋を閉じた。両の拳を膝に置き何を考えるでもなく前方に視線を据えたまま、固まってしまったかのようにカズオは身じろぎひとつしなかった。水道の滴がゆっくりとしたリズムを刻んでいた。暫く後、気配を感じて振り向くと、そこにヒロシが立っていた。

「悪かったな。いきなりそんなもの見せて」

腰にバスタオルを巻いただけのヒロシは、滴る汗をタオルで拭いながら前に座っているカズオから視線を逸らそうとはしなかった。逞しい胸に汗が光り筋肉が躍動していた。カズオは何も言わなかった、いや言えなかった。動転していたわけではないが、頭の中には濃い靄がかかり、言葉もその中に埋もれてしまったかのように見つけ出すことができなかった。

「風呂入ってこいよ。着替えは風呂場にあるから……」

カズオは黙ってその言葉に従った。カズオを見送ったヒロシは、食卓に置かれたままになっている箱にしばらくじっと見入っていた。そして突然、肺に空気を送り込み一気に吐き出したかと思うと、箱を手に取りゆっくりと立ち上がった。

風呂に入っている間、おぼろげに知識として持っていることがカズオの頭の中を巡っていた——古代ギリシャでは、恐らく王家の一族か家臣の息子だろうか、将来男根を受け入れる為の訓練を幼い頃から始めたという——日本でも、お小姓と呼ばれた美少年達は仕える主人の性の相手だったとか――。男色あるいは同性愛の歴史は古い――そして、ヒロシがまさにそうだったということか…そう考えると、それまでのヒロシの言動がなんとなく理解出来るようにも思えた――しかし、それがどうだって言うんだ。それも一つの生き方じゃないのか…そのままカズオは湯船に沈み込んだ。

少し大き目のヒロシのパジャマを着てカズオは台所に戻った。その姿を見てヒロシは微笑んだ。その屈託のなさにカズオも思わず表情を緩めた。石油ストーブが赤々と燃えコーヒーの香りが漂っていた。二人は暫くの間、黙ってコーヒーを飲んだ。カップの中のコーヒーが減るにつれ、徐々に高まる緊張感が二人を寡黙にしていた。ふいに、コーヒーカップを置き言葉を掛けようとしたカズオを遮るようにヒロシが喋りだした。

「そういうことなんだ。それが……俺の正体……」

食卓に置かれた両の拳がさらに固くなる。

「同性愛、ホモ……世間じゃいろいろ言い方あるみたいだけどな……軽蔑、するか」

ヒロシのこめかみから一筋の汗が伝わり落ちた。

「いいや、しない」

カズオはヒロシを真っ直ぐに見据えて言った。カズオの言葉を聞いたヒロシの表情が引き締まった。カズオの眼を食い入るように見つめたまま立ち上がり、思わずカズオも立ち上がった。カズオの前に佇んだヒロシは、カズオの顔を両手で挟み、キスをした。それまでカズオが経験したことのない、力強く激しいキスだった。

やがてヒロシの手が首筋を辿り、カズオのパジャマのボタンを上からはずし床に落とした。唇を離したヒロシは、顎、喉仏、胸へと這わせ、乳首を舐め、そして吸った。カズオは大きく息を吸い込み、むくむくと頭をもたげてブリーフを内側から持ち上げる力強い動きを感じながら、奇妙な感覚に襲われていた。

その夜、カズオはヒロシに身を任せた。カズオの頭の中を、〈ディープ・リバー〉のメロディーが静かに流れ続けていた。

○○○ 6 ○○○

カズオと情念との密やかな対話がもたれていた……

穏やかな風の吹く海原を、カズオとヒロシはお互いに力を合わせ、ヨットを走らせていた。帆はゆったりと風を孕《はら》み、陽をうけた水面はきらきらと輝き、航海は順調そのものだった。二人は、真っ黒に日焼けした笑顔を見合わせ、大海原の開放感を存分に満喫していた。

突然、船が大きく揺れ始めた。見ると、二人のヨットの周りが白波で泡立ち、風も強くなっていた。二人は必死に船を安定させようとした。その時、カズオは奇妙な光景を目にした。見上げた空は相変わらず澄み渡り、目と鼻の先の海原は、鏡のように穏やかだった。

どうしたんだ、いったい…成す術もなく、カズオとヒロシは、木の葉のように揺れるヨットにしがみついていた……

ヒロシとの絆がカズオに安定をもたらしたことは確かだった。自分のことを想い考え、ありのままの自分を受け入れてくれる人間が傍に居る、その現実がカズオの不安定要因を取り払った……

「俺と付き合ってくれるか」

二人が素っ裸のままでじっと仰向けに寝転んでいた時、ヒロシの低いバリトンの声が畳に響き、カズオは背中でそれを感じ取った。ああ、と短く答えたカズオの左手をヒロシの右手が力強く握り締めた……

同性愛について、そして自分がその世界に足を踏み入れたことについてカズオに拘りはなかった。敢えて、その拘りに固執する必要性を見出すことをしなかった。そうすることでヒロシを失うことを恐れた。ヒロシという人間を少しなりとも理解することができたという喜びを優先させた。

初めて会った時からカズオのことが好きだった—ヒロシの告白はカズオの琴線をゆさぶり、新境地へとカズオを誘った—人を想い、想われるという極めて初歩的な感情の交流が、人を寛大にし、慰め、細いながらも真っ直ぐな一本の道を目の前に指し示してくれることを知った。

カズオはヒロシとの付き合いに意義を見出し、また定義付けしようとはしなかった。そうする必要などなかった。初めてカズオは、感情の赴くままに生きようとしていた。初めて、時間を共有し思いのたけを注ぐ対象に出会えた。その相手がヒロシであり、男であるという事実にカズオは素直に従った。雄からの脱却―。その道筋にヒロシが存在していたにすぎなかった。

一方で、ヒロシと睦み合ったその瞬間から、カズオの心に分析不能な淀みが生じていたのも事実だった。踏み込んではいけない世界に足を踏み入れた罪の意識なのか、まだ十分に知り得ていないヒロシとそうなったことへの後悔なのか、ヒロシの想いを十分に咀嚼しないままに行為に及んだ自分自身に対する嫌悪なのか、それらが錯綜する漠とした感情なのか、それともまったく次元の異なる煩悶なのか…はっきりと断定できず、不可解でつかみ所のない不安が、ヒロシへの想いを抱き続ける一方で、翳りのようにその後もカズオに付きまとった。

内奥の情念の予期せぬ形で、カズオの感受性が再び目覚める切っ掛けを探していた。それは、カズオと情念との新たな葛藤の始まりでもあった。

年度末を迎え、間近に迫った後期試験のことがカズオ達の話題にも上るようになった。試験の準備を進める傍ら、カズオの生活におけるヒロシの存在感は日増しに強まっていた。

できる限りヒロシとの時間を確保しようとした。ヒロシそのものが、カズオの生活にとっての潤滑油にもなっていた。それは友人達との付き合いとは全く異なる意味合いを持つものだった。

カズオ、試験大丈夫なのか——ケンジ達の心配をよそに、長期に亘る試験中も極力バイトは休まなかった。そんな行動はカズオ自身にも驚きだった。何が自分をそこまで駆り立てるのか——その原因を突き止めるまでもなく、カズオはヒロシとの付き合いにおいて新たな自分を発見していた。

ヒロシにとってカズオの出現は、それまでの長い孤独の日々を補って余りある実りをもたらしていた。初めて事務室でカズオを見た時、それまでにはない感情の滾《たぎ》りをヒロシは覚えた。容姿、雰囲気、目の動き、話し方、声、一つ一つの造作、その時々の身のこなしに至るまで入念に観察を繰り返すほど、まるで海綿体が水を吸うように、急激にカズオが心と生活に食い込んでくる様を、一定期間極めて冷静に受けとめようとした。

しかしある時、突然の喚起に素直に従い、分別の領域に恋慕の情と征服欲を躊躇なく呼び込み、領域が一気に席捲されていく様を容認した。

以後、ヒロシにとってカズオとの付き合いは、それまで味わったことのない幸福感と充実感、そして切なさをもたらしていた。ともすれば世間に背を向けがちなカズオの危うさ、時には頑なに人を寄せつけることを拒む言動や表情、そして時と場所を選ばずほとばしる強烈な発信作用——自分の内なる叫びを捉えきれず、意のままにならない感情が、まるで原形のままに留められているような、そんなカズオにヒロシは過去の忌まわしい自分の姿を重ね合わせていた……

ヒロシは、海と山に囲まれた自然豊かなR県のある村で産まれた。母親はその地区でも評判の美人で、父親に見そめられ嫁いできた。父親は豪農の一人息子として育てられ、我がままで独占欲が強く、嫉妬深かった。ヒロシの悲劇は、そんな父親の誤解から生じたものだった。

母親には子供の頃から兄妹のようにして育った許婚がいた。それを知りながら権勢にものを言わせ、ヒロシの父親は強引に母親を娶《めと》った。ヒロシが産まれる直前、町で偶然、母親とかっての許婚が一緒に居るところを見た父親は邪推をし、産まれてくるヒロシが不貞の子であると決めつけた。

誕生後数年、ヒロシは父親との触れあいが全くないままに過ごし、五歳を迎えた頃から、理由もわからないままに折檻に晒されるようになった。突然の父親の豹変だった。毎夜納屋に閉じ込められ食事も満足にさせてもらえなかった。顔を合わせばぶたれ、足蹴にされた。そんなヒロシの支えとなったのが五歳年上の兄だった。母親が内緒で作ったにぎり飯をそっと納屋に持ってきてくれた。ヒロシ、頑張れよ。兄ちゃんがついてるからな—必ずそう声を掛けてくれた。

その後も父親の折檻は続きヒロシは恐怖と憎悪を募らせていった。母親とも口をきかなくなったヒロシの、唯一の拠り所は兄だけだった。そして、中学生になったヒロシは、ある日父親の蛮行に対して初めて反抗し思いをぶちまけた─殺してやる！─父親は逆上し、傍にあったバットでヒロシに殴り掛かろうとした。そこへ仲裁に入った兄が、取り上げたバットで父親を一撃した。兄はそのまま家を飛び出し、戻っては来なかった。父親を入院させた母親はその足で、ヒロシを連れ逃げるようにO市にやって来た。以来、賄いや仕立ての仕事で生計を立てながらヒロシを大学にまで進学させた……

もしあの時兄貴がいなければ、恐らくおぞましい結果がもたらされていたに違いない…ヒロシはそう信じて疑わなかった。そして自分が辛うじて逃れた困難な状況の中に、まさにカズオが追い込まれていたという確信がヒロシにはあった。今のカズオ自身が、それを物語っていた。そんなカズオだからこそ、なお一層想いは募っていった。その想いには、愛という言葉が持つ最大限の領域に迫る、強さと激しさがあった。

その一方で、現実の苛酷さがヒロシを苦しめていたことも事実だった。この世界にカズオを引き入れた責任に苛まれ、またカズオとの付き合いが永遠のものではないことも承知していた。カズオの全てを自分のものにすることはできない、してはいけない─それがカズオとの付き合いにおいて、ヒロシが自らと交わした不文律でもあった。

「試験、うまくいったか」

春の甘い香りが漂ってきそうな四月初旬のある夜、アパートでビールを飲み交わす二人の話題は、カズオの後期試験に及んでいた。ヒロシの問いかけに、カズオは不適な笑いを浮かべながら答えた。

「言っとくけど、自信はあるよ」

そんなカズオの強がりが、なんとなくヒロシにはいじらしく思えた。春休みに入りカズオはバイト帰りに必ずヒロシのアパートを訪れ、時には泊まった。

そんなカズオとのひとときが、ヒロシには何物にも代え難い貴重な時間だった。にも拘わらず、ふっと過ぎる影に心を奪われることもしばしばだった。この頃、ヒロシはカズオの家庭環境についてはほぼ事情を飲み込んでいた。しかしそれは現在の状況だけで、過去の経緯についての話はカズオからは一切なかった――カズオはまだ俺に心を開き切ってはいない――最近ヒロシは、さらに一歩、カズオの内に踏み込みたい衝動を覚えるようになっていた。

「ヒロシさん、この前言ってた店、いつ連れてってくれんだ」

考えに耽っていたヒロシは不意を付かれ、思わず目を瞬いた。

「そうだな……じゃ、明日にでも行ってみるか」


その店は北の繁華街ではなく南にあった。大劇場の裏の細い通りの、小さなスナックや飲み屋が集まっている一画に虹をあしらった小さな看板を出していた――レインボーって言うんだ、その店――ここ数年、時々ヒロシはその店に顔を出し、カズオにもそんな店があることを話していた。

「いらっしゃいませー」

ドアを開けたとたん、少し甲高い男の声が二人を迎えた。十人程度が座れるカウンターだけの、スペースとしてはけっして余裕があるとは言えない狭い店だった。ヒロシは常連らしい素振りでカズオを座らせ自分も席に着いた。カウンターはUの字を目一杯横に伸ばしたように設えられ、天井に埋め込まれた電球が間接照明のように店の中を照らし出していた。店にはまだ客は入っていなかった。

「ヒロシ君、久しぶりね」

カウンターの中のちょっと小太りの男は、まずヒロシにおしぼりを手渡してからカズオに顔を向けた。

「こちら初めてね。ひょっとしてヒロシ君のお連れ」

手渡されたおしぼりでカズオはゆっくりと手を拭いた。

《四十をちょっと過ぎたぐらいだな》

ヒロシは照れ笑いのような笑顔をカズオに向けて紹介した。

「この人、ここのマスターのシマちゃん」

紹介された男は深々と一礼した。カズオはちょこんと頭を下げた。

「ヒロシ君、どこで見つけてきたの、こんな素敵な子」

そう言ってシマは、ヒロシからカズオに視線を移し微笑んだ。

《笑顔が優しい……》

包み込むような二重瞼の目が印象的だった。

「マスター、いきなりだなぁ。それはひ・み・つ」

思わずカズオはヒロシを見た。今まで見せたことのないくだけた横顔だった。

《こんなヒロシ、初めてだな》

何時の間にかカウンターにはビールとお通しが出されていた。ヒロシのはからいでシマにもビールが注がれ、杯を挙げた。三人は一気に飲み干しほとんど同時にグラスを置いた。

「ヒロシ君、幸せそうね」

再度二人を交互に見やってシマは言った。その言葉に応えたヒロシの笑顔は、少年のようにあどけなかった。

《ヒロシとこの人、かなり親しいな》

ヒロシとシマのやりとりを見ながら、カズオはおぼろげにそう感じた。シマと呼ばれた男は何気なくカズオにも気を配った。自然に、カズオは二人の会話に引き込まれくつろいだひと時を過ごした。

ぼちぼち客が入り始め、二人が店を出る頃にはカウンターは客で埋まっていた。忙しいにも拘わらず、シマは通りまで出て二人を見送った。歩き出して程なく、カズオが何気なく振り返ると、シマはまだ立ったまま二人の方を見ていた。同じように振り返ったヒロシが手を振って、ようやくシマは店に戻った。

駅までの帰り道、カズオとヒロシの気持ちは、それまでになくほのぼのとした思いに包まれていた。

「ヒロシさん、俺、あの店気に入ったよ」

カズオは連れてきてもらった礼も込めてそう言った。ヒロシは黙って二、三度頷き、満たされた笑顔をカズオに向けた。その笑顔から、ヒロシとの付き合いが間違っていないことをカズオは探り出していた。


人が何かの思いを貫こうとする、あるいは、何かを達成する為に邁進する—その姿は時には美しいとさえ思える。そう思えるのは、恐らく、その行為が良き理解者、支援者を伴なっている場合だろう。孤立無援で、独善的に事が進められる時、それは破壊行為にもなりかねず、本人がそれを承知していない場合は悲劇にもなりかねない。

そしてその状況は、本人と最も身近な関係にある者達に起こり得る場合が常だ。そしてまた、それほどまでにして手に入れたものが、呆気なく失われてしまうこともけっして希有なことではない。


新年度が始まり当然のことながら専門科目が倍増したことで、カズオが友人達と共に過ごす時間は増え、〈ネストクラブ〉への関わりもさらに深まった。その中からできる限りの時間をアルバイトに振り向け、そしてヒロシとの時間を捻出した。友人、〈ネストクラブ〉、そしてヒロシとの付き合いは、次第にカズオを家から遠のかせる結果になった。外泊は頻繁になり、連絡を入れたためしはなかった。

そんな状況においても母親は黙々と日々の務めを果たしていた。しかし終電車間近に駅に降り立ち、人通りの途絶えた商店街をぬけてアパートに辿り着き、伏せられた茶碗や湯飲み、そして惣菜の皿が出掛ける時そのままにちゃぶ台に置かれているのを目にする時、やるせなさと心許なさが一気に募り、そのまま座り込んでしまうことも一度や二度のことではなかった。そんな時、脳裏に焼き付いて消えることのない、ある情景を思い起こすことが唯一の慰めでもあった……

カズオが産まれた直後に居を移した母親は、間もなく以前と同じ小料理店をその地で始めた。しかし、内向きの世話を頼んでいた賄いの女性にカズオはなつかず、その女性がどんなにあやしても泣き声が止むことはなかった。仕方なく母親はカズオを負ぶったまま店に出た。

「なんだよ――、子連れじゃ色気ねえな――」

店に来る客たちからは決まってそんな言葉が飛んできた。その度に母親は明るい調子で受け流した。

「ごめん、ごめん。その分、美味しい料理と美味しいお酒でサービスするから。色気より、食い気と飲み気ってね……アハハハハ……」

それは、心細さと先行きの不安とに怯える母親の精一杯の虚勢でもあった。そんな母親の支えとなったのがカズオだった。店に出ている間、不思議とカズオは泣き声ひとつあげなかった。それどころか、客が立て込んで忙しかろうが、酔っ払った客が騒ごうが、時には愛くるしい笑顔さえ振りまいた。

乳飲み子特有の甘い匂い、虚空に伸びる小さな手、はしゃぎ声、ほのかな温もり――背中に生きる健気で小さな命が、母親に勇気と力を与えた……


春から初夏へと季節は進み梅雨前線が南へ下がって消滅し、季節は夏の到来を告げていた。その日、太陽のエネルギーは夜を迎えてもその勢力を留め、ねっとりとした夜気が北の住宅団地を包み込んでいた。そんな夜気を閉め出しエアコンの効いた部屋で、カズオとヒロシは絶頂を迎えようとしていた。次の瞬間、男達の雄叫びのような叫びが同時に起こり、そして果てた…

「この枝豆美味いよ」

風呂に入って汗を流した二人は、ヒロシが茹でた枝豆でビールを飲んでいた。美味そうに枝豆を食べるカズオをじっとヒロシは見つめていた。この時がずっと続いてくれたら――そんな思いを、ヒロシはグラスのビールとともに喉に流し込んだ。

「カズオ、俺のこと好きか」

突然の質問に、カズオは口に持っていきかけたグラスをテーブルに置いた。

「どうしたんだよ、改まって……」

「いや、別に……聞いてみたかっただけさ」

ヒロシは立って、冷蔵庫からビールをもう一本取り出した。

「じゃあ先に聞くけど、ヒロシさんは俺のこと好きなのか」

思わず言葉がカズオの口を衝いて出た。ヒロシは新しいビールをそれぞれのグラスに注ぎ足し、一瞬カズオに視線を投げ一息にグラスを空けた。カズオを見つめる眼には怒りにも似た火が燃えていた。

「決まってるだろ、そんなこと！」

「じゃ、俺のどこが好きなんだよ……身体か？」

カズオは矢継ぎばやに問い質した。ヒロシを追いつめるつもりはなかった。自然に言葉が押し出されていた。両の拳を太股に置き、真剣な表情のヒロシがカズオを見据えていた。

「それもある。というより、この世界じゃそいつの身体が好きじゃないと付き合えないのは確かだな……けど、それだけじゃない、いや、それだけじゃだめなんだ」

いつになく真剣な受け応えをするヒロシにカズオは怯《ひる》んだ。ただ、その先をどうしても聞きたい思いが勝った。

「どうだめなんだよ」

「要はここさ」

そう言ってヒロシは右の掌を胸に当てた。半袖のシャツから突き出した太い腕には、どくどくと脈打っているかのような血管が浮き出していた。カズオはヒロシの浅黒い手の甲を見ながら、それが意味することを心で唱えていた—心が通い合っていなければ付き合う意味はない、気持ちが通じていればこそ、理解もあり深まりもあるっていうことか—そんなことはカズオにもわかっているつもりだった。しかし改めて言葉にしてみると、心を通わせるという意味さえも定かではなかった。カズオはさらにヒロシの心に分け入った。

「ヒロシさんの胸の内っていうのを聞かせてくれよ」

僅かなためらいがヒロシにはあった。それまで言うに言えなかった思い—カズオを過去から引っ張り出し、カズオ本来の眼で自分を見てほしいという切望、欲望を超えたところにある静かな熱情—それを説法師のように一方的に主張し、聴いたカズオの反応に対する不安と恐怖が錯綜していた。しかし、この時を逃せば機会を失うかもしれない…敢えてヒロシは思いを口にした。

「お前と付き合って半年以上経つよな。けど、お前と付き合いたいって思ったのはそのずっと前なのは知ってるだろ。その時から、カズオを守ってやりたいって思ってた……守ってやれるのは俺なんだって」

そこで一旦言葉を切り、自分のグラスにビールを注ぎ一口飲んだ。グラス越しに見たカズオの眼が、瞬く間に警戒の膜に覆われていくのをヒロシは見逃さなかった。腕組みをして聴いていたカズオの内には、ヒロシに対する猜疑心が点滅していた。

《俺を守る？　他人が俺のことを守る？　そんなことが有り得るのか？》

自分を守ることだけを追い求めてきたカズオにとって、ヒロシの言葉は俄かには信じ難かった。そんな変化を目の当たりにしたヒロシは、〈守る〉という言葉にカズオが拒絶反応を示していることを察知した。言葉を捜し求めながら、カズオが煙草を点け一服吸うのを見届けヒロシは先を続けた。

「守るっていう表現は適切じゃないかも知れないな……言い方を変えると、人っていつも何かを発信してると俺は思う……身体全体とか目とか手とか、いろんなものを使って……それを光に例えると、いろんな光が飛んでくるし俺も飛ばしてる。たいがいは素通りするだけに終わってると思うけど、狙いを定めた時は、そいつがそれを受けとめてくれることを期待する——当たり前と言えば、当たり前だよな……」

そこでヒロシは間を置いた。

「けど、カズオの場合はそれが乱反射してるって言うか、照準がどこにあるのか、何のために飛ばしてるのか全くつかめない……それを感じた時に俺は思った。俺に向かって真っ直ぐ飛ばしてこいって……そしたら俺も真っ直ぐ返してやるって……俺を信じて飛ばしてこい！　飛ばす方法がわからなかったら、受け止め方が分からなかったら俺が教えてやる！　今……そう思ってる——」

話が終わっても、釘付けになったようにカズオはヒロシの顔から目を離すことができなかった。ヒロシの表情に変化があったわけではない。その眼の奥に、それまで目にしたことのない、いや、気付くことのなかった計り知れない意志が潜んでいることをカズオは見ていた。ヒロシの端正な彫りの深い顔が輝いているようにも思えた。カズオは改めてヒロシの想いの深さを知り、その人間に対して一瞬たりとも疑念を抱いた自身の狭量さと卑屈さに、どうしようもない歯がゆさを覚えていた。

○○○　7　○○○

前期試験の終わった十月の初め、すっきりと晴れ渡った空と、キャンパスを吹き抜ける心地良い風に誘われ、講義を終えたカズオは仰向けに石段に寝そべり、まるでそれがメンタル・ケアででもあるかのように、目を閉じて周囲のざわめきに耳を傾けていた―風に乗った電車の走音、クラブハウスの楽器の音、時折の梢のざわめき、傍らの話し声…自分を取り巻く様々な営みがあることを実感しているだけで、確かにカズオの心は安らぎを覚えていた。

「カズオ、何してんだよ」

この時間、講義に出ているはずのケンジの声が聞こえカズオは目を開けた。にやついたケンジの顔が覗き込んでいた。講義は休講、そうケンジの顔に書いてあった。

学生会館の喫茶室の隅に陣取った二人は、煙草をくゆらせながらレポート提出について相談していた。課題はトルーマン・カポーティの『遠い声・遠い部屋』だった。

この作品は、極めて難解で意味深長という点で二人の意見は一致していた。それについて感想を、しかも英文で書くというのは至難の業でもあった。とりあえず解説書を抜粋し、それを英文に訳すことで形にしようということになった。二人はコーヒーをすすって一息入れた。

「カポーティって、男色だったらしいな」

解説書を捲りながら、口にくわえた煙草の煙に目を細めてケンジが言った。カズオはその言葉に何の意図もないことを知りながら、敢えて言葉じりを取った。

「男色だったらどうなんだよ」

ケンジは解説書からきょとんとした顔を上げた。

「いや別に……それって特異かなって思ったから……」

まだきょとんとしたままのケンジにカズオは一石を投じた。

「じゃあ、俺も特異ってことになるな」

瞬く間にケンジの顔つきが怪訝なものに変わった。今付き合ってんだよ、男と―こともなげにそう言いながらカズオは煙草を点け、イスの背に凭れ掛かり真っ直ぐケンジの顔を見据えた。ケンジのうろたえた様子を見たいと思った訳ではなかった。ただ、ケンジの反応によって、今の自分の状況を検分する尺度にしたいという気持ちがどこかにあった。同じようにイスの背に身体をあずけたケンジは、大きく息を吸い込み宙を睨んだ。手に持った煙草がくすぶり続けていた。

「カズオ、お前ってまるでトリック・アートだな」

やっと探し出して言葉を吐いた柔和なケンジの目の中に、驚きと戸惑いをはっきり見て取ることができた。カズオは、トリック・アートという比喩に、相手を傷つけまいとするケンジの苦心の跡を見る思いがし、そんな答をむりやり要求したかのような逆の戸惑いを覚えていた。黙り込んだケンジの表情は、今の自分がけっして肯定されてはいないことを明確に告げていた。

ケンジには、それ以上根掘り葉掘り問い質すつもりも、まして批判がましいことを言うつもりもなかった。ただ、常に自分の規範とはかけ離れたところに居るカズオをどう理解すればいいのか、その思いの先は行き止まりに突き当たっていた。

カズオと情念との密やかな対話がもたれていた……

居なくなったヒロシを探して、カズオは荒涼とした野原を歩き回っていた。微かな呼び声を聞きつけそこへ行ってみると、地中深く空いた穴の途中の岩にしがみ付き、ヒロシが助けを求めていた。すばやく辺りを見回したカズオはロープの束を見つけ、ヒロシめがけて投げ下ろした。ヒロシの手がそれを摑もうとした瞬間、突然ロープが巨大な蛇に変身した。思わずカズオは手を離し、ヒロシは大蛇もろとも地中深く吸い込まれていった……

「カズオ、カズオ……」

ヒロシの呼ぶ声に、魘《うな》され続けていたカズオは目を開けた。金縛りにあったように身体は硬直していた。

「どうしたんだ、夢見てたのか」

やっとの思いで上体を起こしたカズオは、両手に顔をうずめ呻いた。

「俺、ヒロシを助けられなかった……」


春に初めて訪れて以来、週に一度はレインボーに行くことが、この半年余りのカズオとヒロシの習慣になっていた。北の繁華街のスナックにも時々は顔を出した。しかし、最近コンビを組むことが少なくなった二人の足は、北よりも南に向くことが多くなっていた。

この秋、メンテナンス・サービス課の主任となったヒロシは、教育を兼ねて社員と共に回るようになり、ほとんどの場合、先に帰社するカズオがヒロシの帰りを待ち、気の置けないレインボーで肩を寄せ合いながら、二人は誰憚ることなく話に花を咲かせ仕事の疲れを癒した。

初冬のある日、いつものように先に帰社したカズオが、打刻をしようとタイムカードを引き抜くと、ヒロシの字で〈南〉と書かれた小さな切れ端のメモがクリップで裏側に留めてあった。横に掲げられた月間予定表のその日の欄には〈メンテナンス担当者打ち合わせ十七時〜〉と書かれていた。事情を察したカズオは一人でレインボーに向かった。

六時前にカズオはレインボーのドアを開けた。開店前の準備で忙しいにも拘わらず、シマは快く迎えてくれた。

「ちょっとこれ飲んで待ってて……あたしの奢り」

カズオの前に小瓶のビールとグラスが置かれた。手酌でビールを飲みながら、カズオは甲斐甲斐しく働くシマの様子を眺めていた。お通しの煮物を炊きながら、おしぼりを保温器に入れ、ケースから冷蔵庫にビールを移し、灰皿を洗い、買ってきた何種類かのつまみをちょっと大き目の、幾つかのガラス瓶に取り分けたところで、やっと一段落したようだ。

「お待たせしました」

そう言ってシマは新たに抜いた小瓶のビールを自分のグラスに注ぎ、美味そうに飲み干した。店にはなぜかカンツォーネが流れていた。カウンターに目を落とし、曲に聞き入っていたカズオは、シマの声に顔を上げた。

「カズオ君も好きなの、カンツォーネ」

カズオは頷きながら微笑んでみせた。初めて一人で来たにも拘わらず、カズオの気持ちはゆったりとくつろいでいた。シマにも、カズオが一人で来たことを訝っている様子は見えなかった。

《どうして聞かないんだろう、ヒロシのこと……》

そんなカズオの気持ちを見透かしたようにシマはにやりと笑った。

「五時ちょっと前だったかな、ヒロシ君から電話があったのよ。カズオが先に行くからよろしくって」

そうだったのか、お膳立ては出来てたのか…カズオはヒロシとシマの絆をぼんやり考えていた。

「ヒロシ君、ほんとカズオ君のことが好きなのね……見てて妬けるぐらい」

そう言ったシマの表情を見て、カズオは声を立てて笑った。半分、照れもあった。そんなカズオを、まるで我が子か弟を見るような目でシマは見ていた。ヒロシについても同様の思いがあった。

この店だけの付き合いではあっても、シマにとってカズオとヒロシは、常にその存在が頭を離れない肉親であり、時にはその枠を越えた存在だった。できる限り長く、強く、深く結ばれていてほしい――それがシマの願いでもあった。

「すっかり忘れてた」

急いでシマはおしぼりとお通しを用意し、カズオの前に置いた。お通しの煮物に舌鼓を打ち、ビールを飲み干したところで、カズオは前々からシマに聞いてみたかったことを質問した。

「マスターとヒロシさんって、付き合い長いのか」

シマはカウンターに両手を置き、思案げに天井を見上げた。

「六年……近くになるかしら。でもどうして？」

「昔のヒロシさん、どんなだったかなと思って……」

それから長いヒロシの思い出話になった。

「初めてヒロシ君がこの店に来た時、ギリシャ彫刻が入って来たのかなって思ったぐらい素敵だったわよ」

「お客さん達も色めき立っちゃってもう大変。あの子は誰、ここ初めてなの、誰かと付き合ってんの、どこに住んでんの、ねぇマスター、よかったら紹介してよ…なんてね。あたしもぼーっとしたぐらいだもの」

「ところがどっこい、ヒロシ君はちょっと違ってたのよね。まず絶対に遊ばない、好きな人が現れるまで何年でも待つ、妥協はしない……そういう人だったの」

「正義感も強くて……そうそう、こんな事件があったな。ある時、五十少し前くらいの人が可愛い子を連れてこの店に来たことがあったの。もちろん買って来たのよ。そしたら、ビールを注げ、煙草を点けろ、揚げ句にはキスしろなんてもうその子に言いたい放題……そしたらヒロシ君、その男の人を外に連れ出してぶん殴って、男の子に払ったお金を自分の財布から渡して男を追い返しちゃったの。もう胸がすーっとしたわよ。その武勇伝、この辺りじゃ有名なのよ。それからは誰もがヒロシ君に一目置くようになって……へたに声を掛けなくなったってわけ」

そこで話は一段落した。話に聞き入っていたカズオは思い出したように新たにビールを注文した。グラスにビールを注ぎながら、シマは噛み締めるように再び話し始めた。

「そのヒロシ君の選んだ相手がカズオ君なのよ。この世界、付き合いたいって思う人はなかなかいないし、第一、この世界で人を好きになることって辛いことだもの。ヒロシ君もそれを十分承知してるから、だから妥協はせずにひたすら待ち続けたのよ。そして、カズオ君に巡り会い好きになった……カズオ君だから好きになったのよ」

シマの目が何かを物語っていた。何かを伝えようとしていた。その言葉には、ヒロシの秘められた想いを伝えようとする力強い響きが込められているようにカズオには思えた。と言うよりも、苛酷ともいえるこの世界で真剣に生きようとする全ての者を代弁しているのかも知れなかった。腕を組み、泡立つ琥珀色のグラスを見つめながら、いつしかカズオはヒロシに、そして自分に語り掛けていた…好きになることは辛い…ヒロシもそうなのか…俺の知らないところで悩んでいるのか…そしてやっと巡り会ったのがこの俺…俺を選んだことは間違っていなかったのか…そこまでして選ぶ価値が俺にあるのだろうか…そもそも俺はヒロシを愛しているのか…ヒロシを愛する資格が俺にあるのだろうか…人の心を思い遣り、自分の思いを照らしてみる—そんな機能を、カズオは確かに取り戻しつつあった。

「もうすぐ一年よね、ヒロシ君と付き合い始めて……」

その言葉を引き取るように狂おしい曲が流れ始め、カズオは再び聞き耳を立てた。

「〈愛は限りなく……〉っていうの、この曲」

独り言のようにシマは呟いた。その目は狭い空間を飛び越え、遙かかなたに注がれていた。その時、ドアが開き冷たい外気が店に流れ込んだ。

「いらっしゃいませー」

カズオが振り向くと、ドアのノブによりかかり、息を弾ませたヒロシがそこに居た。

無情、とは非情。人の運命を左右する、理不尽で情け容赦のない宣告が何の前触れもなく下る時、人はそれを成す術もなく受け入れざるを得ない…

仕事納めの日、冬にしては珍しく朝から激しい雨が降り続いていた。昼過ぎに一旦弱まった雨脚が、午後には勢いを盛り返しさらに激しさを増していた。

その日、五時少し前に帰社したカズオはタイムカードを打刻した後、いつものように、三階のエレベータホールに置かれた、背凭れも何もない長イスに腰掛けヒロシの帰りを待っていた。一周年記念。去年のその日のことは鮮明にカズオの脳裏に焼き付いていた。くだけたヒロシの表情、中華料理店の喧噪、注いでくれたビールの味、そして料理の匂いまでが甦った。

ヒロシとの一年──カズオにとっては予想もしなかった時間の積み重ねがそこにはあった。ことある毎に、ヒロシという人間が、その心が示してくれた真っ直ぐでむき出しの情愛に圧倒され、それを受け止めようとひたすら自分を追求することに時間を費やしてきた一年だった。それは、まるで問答のような、ヒロシとの対話があったからこそだった。

《この一年、ヒロシにとってどうだったんだろう……》

今日、是非とも聴いてみよう──カズオはそう心に決めていた。

これからの予定はまだ決まっていなかった。たぶん、あの店に行くだろう…ぼんやりとそんなことを考えながら、カズオはもう一本煙草を取り出した。

《カズオ……》

ヒロシの声に、煙草を手にしたままカズオは辺りを見回し事務室も覗いてみたが、その姿はどこにもなかった。再びホールに戻ったカズオは、何気なくエレベータの上の時計に目をやった。針は五時三十五分を指していた。座って煙草に火を点けようとした時、突然事務室から二人の社員が飛び出して来てエレベータの向こうの階段を駆け降りて行った。

どうしたんだろう…そう思う間もなく、今度は血相を変えた別の三人の社員が走り出してきた。尋常ではないその様子に思わずカズオは立ち上がっていた。二班の社員が交通事故を起こして病院に担ぎ込まれたと、馴染みの社員が教えてくれた。カズオは事務室にとって返し振り分け表を見た。二班には、カズオの知らない社員名と、ヒロシの名があった。


調整に手間取り、四時過ぎに仕事を終えたヒロシと新入の社員は西方面から帰路に就いた。仕事納めの日と雨が重なり幹線道路は渋滞していた。先を急いでいたヒロシはいつになくスピードを出しながら、O市駅のすぐ手前の交差点に入った。その途端、ガクンと車体が上下し、その衝撃で荷台に積んでいた点検具の箱が横倒しになり道具がばらけた。一瞬、それに気を取られたヒロシは雨にハンドルをとられ、小型のバンは横滑りに対向車線に飛び出し、水煙をあげて走ってきた四トントラックが運転席を直撃した。

社員に教えてもらった病院の名前にカズオは聞き覚えがあった。もう何ヵ月も前に、ヒロシと一緒に点検に行ったことのある得意先だった。病院はO市駅のすぐ裏にあった。雨の中、会社から走り通して来たカズオは、休む間もなく入口を通り抜け受付で確認をした後、階段を駆け上がって三階の集中治療室に向かった。

フロアは、医者や看護婦の慌ただしい行き来もなく、しんと静まり返っていた。集中治療室の前で、何名かの社員が立ったままボソボソと小声で話しをしているのが目に入った。額を覆った濡れた髪と、ぼっとりと水分を含んだジャンパーからしたたり落ちる滴に構うことなく、眼だけを異様にぎらつかせたカズオは馴染みの社員に近づいて行き、様子を聞いた。ほとんど即死状態で運び込まれたヒロシは、手術を施すまでもなく間もなく息を引き取り、とりあえず治療室に安置されているとのことだった。五時三十二分、それが臨終の時間だった。幸いにも、もう一人の社員は軽傷で済み、病室で治療を受けていた。

それ以後の数時間、そして数日間の記録はカズオの記憶ファイルからすっぽりと抜け落ちている。ようやくカズオが現実に立ち戻ったのは、年も明けて数日後のことだった。

三が日が過ぎるのを待って、カズオはレインボーを訪れた。そうするしかなかった。カズオが席に着くなり、シマは、本日終了の札をドアの表に下げた。ヒロシの訃報はシマにも届いていた。無言のままシマはビールの栓を抜き、グラスを合わせるでもなく、沈痛な空気が漂う中、黙々と二人はビールを喉に流し込んだ。二人の目が合うことはなかった。

それまでカウンターの一点を睨み付けていたカズオは、背筋を伸ばし、意を決したようにひとつ大きく息を吸い込み、シマに向かって言った。

「マスター、今日、ヒロシさんの弔い、一緒にやってくれよ」

その言葉を待っていたかのように、シマはパンと両手を打った。

「そうこなくっちゃ、カズオ君」

瞬く間に、用意できる限りの酒の肴とつまみがカウンターに並べられた。それからは、カズオとヒロシが初めてレインボーにやって来た時のことから始まり、あの時はああだった、こんなこともあったと、ヒロシの思い出話が淀みなく続いた。

シマは、カズオの勧めにも応じずカウンターの中に立ったままで、いつもと変わりなくマスターとしての務めを果たした。しかし、話が弾めば弾むほど、飲み干したビール瓶がカウンターに並べば並ぶほど、カズオの内の空ろな部分は拡大していった。

《ヒロシは何処へ行ったんだ！》

ふいにカズオが口を閉じ、気配を察したシマも黙り込んだ。

話が途切れ、それぞれが自分の世界に入り込んだ沈黙を、抑揚のないカズオの声が破った。

「俺、一人ぼっちになった……」

それは、弱音とも、助けを求める声とも聞こえた。シマにはカズオの無表情が痛々しかった。しかし、敢えて慰めの言葉は掛けなかった。

「カズオ君、ヒロシ君のどこが好きだったの」

意外な問い掛けにカズオは面食らった。そういった類の質問を、シマの方からするというのはかつてなかったことだった。

「答えられないよ……俺」

カズオはシマの眼を探りながら、同じ言葉を繰り返した。

「答えられない……」

シマはカズオの言葉が聞こえなかったかのように横を向き、壁に背を凭せ、腕を組んだ格好で喋り始めた。目は、開けられることのない前方のドアに据えられていた。

「カズオ君は知らないと思うけど、ヒロシ君、小さい頃お父さんにひどい虐待受けてたの」

虐待、という言葉にカズオはびくっとし、思わず身体を固くした。

「何年も続いたらしいの……その間、兄さんが何かにつけて励ましてくれたり庇ってくれたって……俺がこうしていられるのも兄貴が居てくれたからだって、ヒロシ君言ってたわ――」

シマは左手を伸ばしてグラスを取り、一口飲んでカウンターに戻した。カズオの方には顔を向けなかった。

「それで、今度は俺が兄貴になってやるんだって……カズオの兄貴になって、今度は俺が励ましたり庇ってやりたいって……」

言葉が途切れた。シマの頬を涙が伝っていた。暫く両手で顔を覆い、気を落着かせてからシマはカズオに向き直った。

「ごめんね。あたしも年かな……」

そう言ってカズオに微笑みかけた。ヒロシとシマの絆—俺には言えなかったことをシマには話していた—シマという人間の何がそうさせるのか—シマの笑みを湛えた眼差しの、その奥にあるものがカズオにはまだ見えなかった。真顔に戻ったシマは再び口を開いた。

「カズオ君だったら、ヒロシ君の気持ちは十分承知してると思うの。でもヒロシ君はもう居ない……気持ちを通い合わせる人が居なくなったのよね。だけど……月並みな言い方になるけど、ヒロシ君の想い、っていうのかしら、それはもう、カズオ君の身体に染み付いてるでしょ？　ヒロシ君はカズオ君と一緒に息をしてるでしょ？　一人ぽっちじゃないのよ、カズオ君は！　一人ぽっちになるはずがないのよ！　……そしてヒロシ君は、カズオ君と一緒に旅立って行ったのよ……」

ようやく、シマの言わんとすることがカズオにも呑み込めてきた。シマなりの必死の励ましだった。

「でも、悲しいことに変わりはないわね。あんな事故が起こるなんて……」

シマは一息にグラスを空け、カズオもそれに倣った。

そろそろ腰を上げようか…そんなことをぼんやり考えながら、カズオが頭の後ろで両手を組み胸を反らした時、突然、それまでとは打って変わった調子でシマは新たな話題を持ち出した。

「最近、ほんとに嫌な事件とか不祥事が多いじゃない。腹の立つことこの上なしよね。信じられないような、まさかの連続でしょ。そんな事件が起こる度に、社会学者なんかがよくテレビとかで言ってるじゃない――『社会が多様化し複雑になり、展開のスピードも加速されているため、その状況についていけない者は、殻に閉じ籠ってしまうか、異様な手段で発散を試みる』――とか何とか……ある時ヒロシ君と、そんな話で盛り上がったことがあったの」

シマはカズオのグラスにビールを注いだ。

「ヒロシ君が言うには、そんな事件が起こるのはほんとの怒りをどっかに置き忘れてるからじゃないのかって。それで、〈ほんとの怒り〉ってどういうことって聞いたのね。そしたらちょっと考えて、〈人間が生きていく上の基準〉だって言うの。へえーそうなのって感じよね。それで、もうちょっとわかるように話してって言ったら、基準は三つあるんだって。えーっと、そうそう、好きか嫌いか、何をしたいかしたくないか、それともう一つーー似てるのよね、二つ目と……思い出した！　何をしていいのかしてはいけないのか。あたしは、あるとしたらもうちょっとあるんじゃないかなって思ったけど、あとのことは、それにくっついてるだけだって言うの……」

シマは、過ぎ去ったその場面をはっきりさせようとするかのように、掌の付け根の部分でこめかみのあたりを二、三度叩いた。カズオはカウンターに身を乗り出すように、その様子を眺めていた。

「それでね、ヒロシ君の言葉を借りて言うと、『その三つをうまく機能させるには、自分が見つめられているのかいないのか、そしてそのことを自分自身がしっかり認識しているかどうかが大切だと思う。そうすることで、自分がはっきり見えてくる』ってことになるのよ」

そこでシマは溜息を吐いた。

「なんだかこんがらがってきちゃったから、じゃあ、例を挙げてみてって頼んだの。案の定、ここでカズオ君が登場してくるのよ」

カズオはふっと笑いを洩らした。

「じゃあそうしようって言って、ヒロシ君はこんな風に言ったの—俺はカズオが好きだ。一緒に生きていきたいと思ってる。だけど、カズオの全てを自分のものにはできない、しちゃいけない。そんな俺のことをカズオは常に見てくれているし、そのことはしっかり認識してるって…それってすっきりとよく分かるし、思わず、単純じゃないのって言っちゃったの。そしたらヒロシ君も頷いて、そうなんだよ、マスター。社会がどうあろうと、どう変わろうと、人間っていう生き物は思いのほか単純なんだと思うよ、俺。人が言うほど、本人が考えるほど、人間は複雑じゃないのさ。それを判ってないんだよなぁー、世間の奴等は…てことで、あたしもそうだなぁって賛成して、この話は落着いたの。でも、最後にこんなこと言ったのよ—マスター、今まで言ったことは俺の戯言だからね…まっ、そういう考えもあるってことで聞いといてよーですって！　ひとにさんざっぱら考えさせといて、それってないと思わない？　……ヒロシ君らしいと言えば、らしいけどね……」

カズオはシマの最後の言葉を聞いてはいなかった。

《誰かがどこかで、その人のことを見ている……》

それと認識するのも困難な、遠い彼方から射し込む微かな光が、カズオの心の深い闇を貫いていた。目を凝らすと、光の彼方にうっすらと何かの輪郭を確認することができた。何なんだ、あれは…あれは、眼だ！　そうだ！　そうに違いない！　でも、誰の…いったい、お前は誰なんだ…誰が俺を見てるんだ…

その場から遊離したかのように、カズオの感覚は停止していた。やがて、シマの声が遠くから聞こえ始め、やっとカズオは我に返った。

「カズオ君、どうかしたの？」

「いや、別に……なんでもないよ」

そう、それならいいけど…そう言ってシマは、カウンターに並べられた、空になったビール瓶を一本ずつケースにしまい始めた。カズオはシマの背中に話し掛けた。

「マスター、今日、ここへ来てほんとに良かったよ。なんか、踏ん切りがついたって気がする……」

手の汚れをタオルで拭き取りながら、シマは小首を傾げて微笑んだ。

「それはあたしも同じ。だけどカズオ君、踏ん切りなんて無理につけなくてもいいのよ。

郵便はがき

料金受取人払

豊島局承認

8917

差出有効期間
平成13年4月
30日まで
（切手不要）

171-8790

301

豊島区南池袋4-20-9-301

株式会社

元就出版社

行

おなまえ　　TEL

おところ〒

このたびは当社の本をお買上げ頂き、ありがとう存じます。今後の企画の参考とさせて頂きたいと思いますのでお手数ですが、各欄にご記入の上ご返送下さい。また新刊のご案内などもいたしたいと存じます。

書名

●本書についてのご感想をお聞かせ下さい。また、今後の出版物についてどのようなテーマ、著者を望まれますか。

●本書をお買上げいただいた動機。

A　新聞・雑誌の広告で（紙・誌名　　　　　　　　　　　　　　　　　　）

B　新聞・雑誌の書評で（紙・誌名　　　　　　　　　　　　　　　　　　）

C　小社刊行物で　　D　書店で見て　　E　人にすすめられて　　F　その他

●小社刊行物のご注文（書名、冊数を明記下さい）

本書をご講読下さいました皆様へ

このたびは当社の本をお買上げ頂きありがとうございます。

小社はジャンル等にとらわれることなく、良書の刊行を心がけて出版活動をしています。

今後の企画の参考とさせて頂きたいと思いますので、本書についてのご感想をお聞かせ下さい。また今後の出版物についてのテーマや望まれる著者についてもお知らせ下さい。

原稿募集のお知らせ

小社では実社会で活躍するあなたの原稿を募集します。

仕事や生活上の体験、レポート、研究などテーマや内容は特に限定しません。

応募の方法は400字詰原稿用紙200～300枚位(図表、写真を含む。枚数については厳密ではありません。)

執筆の趣旨、目次の他、ご略歴、ご連絡先を明記して下さい。

また、あなたご自身の半生や思い出、感動的な出来事などを綴った**自分史**や**ビデオ、その他の自費出版**の制作も受け付けています。

ご遠慮なくお問合わせ下さいませ。

送付先　〒171-0022 東京都豊島区南池袋4-20-9-301号
株式会社　元就出版社　編集部
電話　(03)3986-7736
FAX　(03)3987-2580

つく時にはつくんだから……」

そう言ったシマの顔に、いたずらっぽい笑みが浮かんだ。

「ねえカズオ君、あたしに何か聞きたいことがあるんじゃないの」

確かにカズオにはあった。ヒロシとシマが、いつ、どこで話に花を咲かせていたのか…今まで聞いた話に、カズオには全く思い当たる節がなかった。

もの問いた気なカズオに向けたシマの表情が、すべて承知していると告げていた。

「カズオ君に意地悪することはないわね。実はね、カズオ君がバイトに行かない日に、ヒロシ君、時々一人でここに来てたの。そんな時はいつも以上にお酒飲んで、饒舌になって……でも意識ははっきりしてて、いろんな話をしたものよ、さっきみたいに。話題のほとんどがカズオ君だった……そうそう、ある時っていうか、あの事故があったちょっと前だから、ヒロシ君を見た最後の日ね――」

カズオは身じろぎ一つせず、話に全神経を集中していた。

「その時、こんなこと言ってたの―『俺、カズオに借りがあってさ。なんとか返さなきゃって思ってんだ』―って。それで、借りって何なのって聞いたのね。そしたら、『俺みたいな奴と付き合ってくれてんだから、それだけで十分借りだよ』ってしんみり言うの。ちょっと様子が違うかなって思って、何か悩み事でもあるのって言ってみたら、『いいや、その反対。なんだか幸せすぎて…マスター、今、俺、幸せすぎ屋さんなんだよ、お蔭様で…』って言って笑ったの…その時の笑顔、今でも目に焼き付いてる…どう言えばいい―」

シマは思わず口をつぐんだ。カズオの眼に現れた透明な一点の粒が、ライトに照らし出されて光を発し、それが瞬く間に眼から溢れ出し、滴となってしたたり落ち始めた。カズオはカウンターに額をこすり付けて泣いた。人を想うことで流した初めての涙だった。シマはそっと両手をカズオの頭に添えて、嗚咽が治まるまでじっと動こうとはしなかった。

○○○ 8 ○○○

カズオと情念との密やかな対話がもたれていた……

名前も場所も定かではない店で、向かい合わせに座ったカズオとヒロシは、両肘をテーブルに突き、手を組んだままお互いを見つめ合っていた。天井には満天の星が輝きを放ち、壁一面を覆った発光石が七色の光で二人を取り囲んでいた。

ヒロシは、傍らに置いた小さな包みを取り上げ微笑みながらカズオに差し出した。小さな包みにしてはずっしりとした重量感があった。ゆっくりと包みを解いたカズオは小さな透明の結晶体を手に取り出した。それを目の高さまで持ち上げると、結晶体は鮮やかに輝き始めた。不思議な表情で見つめるカズオを、ヒロシはただ黙って眺めていた。カズオは立ち上がり、それを両手で頭上高くさし上げた。

すると、遙か天井の星の光がその結晶体に吸い込まれ、反射と屈折を繰り返し、やがて一本の赤い光線となってカズオに向けて注がれ始めた。その光線を受けたカズオの身体から、さらに鮮やかなくっきりとした赤い光がヒロシに向けて放たれた。しかし、その先にヒロシの姿はなかった……

カズオの内にある機能が芽生えつつあった。漆黒の闇をゆっくりと分かち、見失っている原点を指し示そうとする試みだった。しかし時を重ねた圧力は力強く、か細い道筋は闇に呑み込まれ、その度に試みは押し戻された。そんな正と負の攻防が静かに繰り返されていた。

ヒロシの死後もカズオはアルバイトを続けていた。辞める気持ちは全く起こらなかった。シマの言う通り、カズオにとってヒロシとの付き合いはまだ終わってはいなかった。その想いの全てを傾注し、カズオを導こうとしたこと―それが何を意味し、そして、どう結実するのかを見極める責務がカズオにはあった。それは、カズオに与えられた課題であり試練であるとも言えた。それを克服して初めて、ヒロシが安らかな眠りを得ることができる―逆に、カズオはその思いにしがみついた。今となってはそれが唯一、ヒロシとの絆を確認できる手立てでもあった。その為にも、ヒロシと出会い、お互いの時間を共有した場を捨て去るわけにはいかなかった。カズオにはそうすることでしか、ヒロシを失った現実に対処することはできなかった。

この時期、カズオの思考は一点で停止し周囲のことはまるで眼中になかった。友人達との付き合いも一時的に凍結された。年明けの講義が再会された直後、カズオの様子を気遣ったケンジによる単刀直入な問いかけが逆効果となった—もう、俺に構うな！—そのひと言でカズオは自分に閉じこもり、友人達は様子を見守ることでカズオと距離を置いた。

その状況は、ヒロシの死後数ヵ月を経た春休みに入っても変わってはいなかった。朝、母親が目覚めるまでにバイトに出掛け、日が沈んでしばらく後に戻り、用意された食事を済ませ銭湯から帰って来ると襖を閉め切り、三畳の部屋に閉じこもった。そして休日にはほとんど部屋を出ることなく、終日に亘り空ろな目をしてレコードに聴き入った。そんな時、意識して呼び寄せたわけでもない、不連続な、一瞬の風景がカズオの脳裏を過ぎっていった…古い家並み、瓦の列、格子の窓、水を打った通り、軒先に置かれた縁台、木の壁に囲まれた裏庭、小さなたらい、洗濯板、満天の星、窓の向こうの夕陽、降り注ぐ陽光…それまでにはみられなかった、新たな現象だった。

カズオの内に取り込まれる様々な刺激が、内奥の情念の営みには不可欠な要素だった。カズオとの密やかな対話も、そんな刺激に大きく影響を受けた。対話のあり方も、徐々に一方的な押し付けの域を脱しつつあった。

春休みもあと数日を残すのみとなったある金曜日、カズオは、ヒロシが運び込まれた病院で油塗《まみ》れになりながら、小さな昇降機の修理を補助していた。昇降機は、一階にある調理室と二階の食堂との間で、料理や食器を上げ下げする為に使われており、それが動かなければ手で上げ下ろすしかなかった。調理室で働く者達の恨めし気な目を意識しながら、社員もカズオも故障の原因を探り出そうと必死だった。

ようやく動き始めた時、時計はすでに午後七時を回っていた。駅が近いということもあり社員はカズオをその場で解放してくれた。社員を見送った後、誰もいない待合室のソファに座り、ひとりカズオは缶コーヒーを飲みながら一息入れた。紫煙が立ち昇るのをぼんやり眺めていると、仕事中は忘れていた、ヒロシとの日々が甦った……

一周年まであと十日と迫った日、二人はいつものように、ヒロシのアパートの台所でビールを飲み交わしながらそれまでの日々を振り返っていた。いろいろあったな—そこに話が落ち着いた時、ヒロシがいたずらっぽい目をカズオに向けて言った。

「カズオにプレゼント考えてんだ、俺」

「なんだよ、プレゼントって」

「それはまだ言えないな。まっ、お楽しみに」

はしゃいだヒロシの様子につられて微笑みながら、カズオは久しく忘れていた温もりに包まれていた……

そんなヒロシとの日々を、アルバムに写真を挟み込むように少しずつ整理し始めた自分をカズオは感じていた。時の流れに押し付けられたような、釈然としない冷静さが生まれつつあることを実感しながら、カズオはぐったりとソファに身体を預け目を閉じた。その時、ゆっくりと自分の方に歩み寄って来る女性がいることには、全く気づいていなかった。

アキコが初めてカズオと出会ったのは、休学をして二ヵ月が過ぎようとしていた、一昨年の初夏だった。アキコの思いとは無関係に季節は進み、久しぶりに訪れた大学は青々とした緑に包まれ、何事もなかったかのように受け入れてくれた。坂道、桜並木、グラウンド、石段、そして法文の学舎─降りしきる雨の中、馴染みの風景が次々に目に入って来た。坂道を上り切り、アキコは足を止めてキャンパスの佇まいを眺め渡した。

控室には誰も居なかった。入口近くの丸イスに座り、バッグをテーブルに投げ出したアキコは、しばらくの間、時間と思考が停止したかのような感覚に捕らわれていた。そこへ一人の男子学生が入って来た。アキコには目もくれず、奥に置かれた自販機で缶コーヒーを買い、そのまま奥のテーブルに着き降りしきる雨を眺めている。そんな動きが漫然とアキコの視野に納まっていた。

暫くして、小さな溜息を吐いてバッグを取り上げ、アキコは控室を出て中庭に足を踏み入れた。手入れの行き届いた草花は、雨を受けて鮮やかさを増した色彩を競っている。久しぶりに目にした花々に心も和んでくるように感じられた。しかし胸のしこりは、心臓の鼓動さえ押さえつけるように感じられ、簡単には取れそうに思えなかった。そのうちに雨脚が強まり、アキコは再び控室に戻った。一息いれようと煙草を取り出したが、入れたはずのライターが見当たらない。溜息を吐いて顔を上げた時、奥に座っている男子学生も煙草を吸おうとしているのが目に入った。アキコは火を借りようと、思い切って男子学生に近づいていった。

休学中、アキコは実家には戻らずアルバイトをしながらアパート暮らしを続けていた。休学していること自体知らせていなかった。あまりにも劇的な事態にアキコ自身の対処が追いつかず、かろうじて考え出されたのが、休学という避難の手段を講じることだけだった。そうすることで、とりあえず身を落ち着ける時間と場所を手にすることができた。その陰では、叔父の存在が大きな力となっていた。

母親の弟にあたる叔父は、それまでも常にアキコを見守り、相談相手となっていた。叔父もまたK大学出身者で、苦労をしながら独力で司法試験に合格し、三十五歳の時にO市で弁護士事務所を開業した。年が離れていたこともあり、アキコが幼い時分から我が子のように可愛がった。

思春期を迎えたアキコは、手紙や電話で何事もまず叔父に相談を持ち掛け、実際に実家からO市へ出向いたことも何度かあった。アキコがK大学を選んだのは、叔父に強く影響された結果でもあった。

叔父は良き相談相手というだけではなく、次第に異性としてアキコを惹きつける存在になっていった。その切っ掛けとなったのは、高校一年の時に母親に見せてもらった大学時代の叔父の写真だった。何枚かの写真に写っていた叔父の表情は、アキコが知る叔父とは全く別人だった。かっと見開かれた切れ長の眼、眉間の縦皺を挟んだ太くて濃い眉、真一文字に結んだ口元―そのどれもが今の叔父からは到底考えられない、ある種の暗さ、苦悩を現わし、未知の背景が全体を縁取っていた。それは同じアルバムの母親や他の弟妹の写真には全く見られない、何かしら想像力を掻き立てる表情であり、それが若いアキコの女の部分を刺激した。

休学後初めての大学訪問から一週間程経ったある夜、アキコは夢を見た……

叔父との待ち合わせ場所に行ってみると、真っ白いTシャツを着た叔父が背中を向けて煙草を吸っていた。そこは一面のひまわり畑で、雲ひとつない青空に夏の太陽が輝いていた。アキコは叔父の名を呼んだ。

その呼びかけに振り向いたのは、叔父ではなく控室で出会った男子学生だった。固い表情のまま手を差し出した学生に、アキコは思わず後退りした。その時、一枚の写真がアキコの足元に舞い落ちてきた。それを拾い上げて見たアキコは安堵し、学生の手を取って、ひまわり畑をどこまでも走り去って行った……

そこで目が覚めた。魘されたわけでもないのに心臓は鼓動が聞こえるほど高鳴っていた。どうしたんだろう…上半身を起こしたアキコは左手で髪を掻き揚げ、今見た夢を振り返った―なぜあの学生の夢を、そしてあの写真―突然、心臓が叩き付けるように胸板を打ち始めた。足元に舞い落ちた写真は高校時代に見た叔父の写真であり、その表情とアキコの前に佇む学生の表情がぴったりと重なった。煙草の火を借りる時に垣間見ただけの表情ではあったが、それはまぎれもなく若い頃の叔父そのものだった。無頓着にしまい込まれた一場面が、夢の力を借りて意識として目覚め、今、アキコの心にくっきりと刻み込まれていた。

それ以来、アキコは度々大学を訪れるようになった。そして何度か男子学生を目にした。控室で、法文通りで、あるいは学食で…叔父に対する想いを秘めながら、次第にその学生に惹かれていく自分をアキコは感じていた。

しかし、アキコの視線に男子学生が気付くことはなかった。常にアキコ自身が、気付かれることのないよう遠巻きの立場をとり、まして声を掛けたりはしなかった、いや、できなかった。そうするには今の自分はあまりに情けなさすぎる、打ちひしがれ疲れた自分を見せたくない、そんな自分でありたくはない、今の自分をなんとかしなければ—その思いがアキコを奮い立たせ、行動に移る原動力となった。

早速休学解除の手続きを取り後期から授業に復帰した。ただ在籍していた国文ではなく、心理学への転学科を選んだ。全てをやり直すこと—それが再生の為の命題でもあった。履修科目の不足を補うために二部の講義にも出席した。次の年、毎日のように日が暮れてからの講義でノートを取るアキコの姿があった。性来の負けん気と一途さがアキコを後押しした。

アキコには、控室での男子学生との出会いが自分に運命付けられたことのように思えてならなかった。アキコにとって偶像とも言える存在の叔父が、突然、身近な現実のものとなって生活に入り込み、気持ちの中にしっかりと根づいている。それだけを拠り所に、何の確約もあるわけではない、待ちうける時に向かってひたすら邁進する。そんな行動そのものが、自分にとっての運命に他ならないと強く感じていた。そして運命の導きに感謝する時を、まさにアキコは迎えようとしていた。

人の気配を感じてカズオは目を開け、真っ直ぐに背筋を伸ばして座り直した。開いた脚のすぐ側に見覚えのない女性が立っていた。

「久しぶり……ね」

そう言った女性をしげしげとカズオは眺めた。髪をショートカットにまとめ、ざっくりとしたピンクのセーターに身を包み、薄いクリーム色の巻きスカートを穿いていた。

久しぶり？――その語感にカズオは違和感を覚え、暫く怪訝な面持ちが消えなかった。女性は、座っていいかと断ってからカズオの右に腰を下ろし、小さなバッグから煙草を取り出して火を点けた。細くて長い外国銘柄の、女性用の煙草だった。その仕種で、ようやくカズオは思い出した。心のどこかに残っていた、あの時の長い髪のイメージが邪魔をしていたのだ。カズオがどうやら気づいたのを察し、女性は笑みを向けて言った。

「やっと思い出してくれたみたいね」

くっきりとした半月型の眉と二重の目、左頬の小さな笑くぼ、形のいい鼻と唇、なんとなく紅潮したような色白の肌—改めてカズオはその女性の特徴を検分していた。ちょっと身体を離しカズオの目を覗き込むようにしながら、名前がアキコであること、今年心理学科の三回生になるなどと自己紹介をした。カズオは、簡単に自己紹介を済ませた後、どうしてこんな所に居るのかと訊ねた。アキコは微笑みながら下を向き、食事でもしながら話をしないかと誘った。カズオは、僅かなためらいを覚えながらも首を縦に振った。病院を後にした二人は商店街へと向かった。

アキコの案内で入った中華料理店は、カズオにとって忘れることのできないあの店だった。その佇まい、醸し出される匂い、雰囲気はまったく変わっていなかった。

このお店、美味しいのよ—そう言ってアキコは周りを見回した。水とおしぼりを持ってウエイトレスが来ると、誘ったのはあたしだから任せてねと言い、嫌いな物はないか確認してから、ビールと何種類かの料理の注文を出した。

その間カズオは、自分から言葉をかけることもなくアキコの様子を眺めていた。先に来たビールでグラスを合わせ、次々に運ばれて来る料理をカズオは黙々と食べた。アキコに話し掛けられることにも生返事をするだけだった。重苦しいすれ違いが暫く続いた後、箸を置いたアキコは、改まった物の言い方でカズオの注意を惹こうとした。

「カズオって呼んでいいですか」

思わず箸を止め、カズオは顔を上げた。

「ああ、別に構わねえけど……」

真剣なアキコの目が、食い入るようにカズオを見つめていた。

「どうかしたのか、そんな顔して……」

アキコの眼にみるみる涙が溢れた。カズオは箸を手にしたままその様子を凝視していた。

すぐに落ち着きを取り戻したアキコは、取り乱したことを詫びた。

「ごめんなさい……なんだか無理にここへ連れてきたのかなって思って、それで……」

アキコの言葉に、その日初めてカズオは笑みを洩らした。

「俺って、飯食ってる時いつもこんな風らしい……友達が言うには」

ケンジの口癖がカズオの頭を過ぎっていた。それを聞いて、アキコの顔にほっとしたような笑みが浮かんだ。くっきりと笑くぼの刻まれたあどけない笑顔だった。それからようやく二人の間に会話が成立し始めた。

春休みからあの病院のレストランでアルバイトをしていること、最初は国文だったが今年から心理学科に変わること、実家はT県の雪深い田舎であること、そして今、大学からひと駅の所にあるアパートに居ることなどをアキコが話し、カズオが質問者と聞き手の役目を受け持った。

話が一段落すると、今度はアキコがどうしてあの病院に居たのかと訊ね、カズオはエレベータ点検のバイトのこと、そして今日は昇降機の修理に手間取り遅くなったなどと説明した。それを聞いたアキコは、その為に自分が食器や料理を手で上げ下ろしし、後片付けに手間取って遅くなったと恨みがましくカズオに言った。それは自分のせいではないとカズオは弁解し、そのやりとりが終わる頃には笑いも起こり、かなり打ち解けた雰囲気になった。

「でも、そんなことがなかったら会ってなかったのよね、あたし達……」

突然アキコは、遠い目をしながら呟くようにそう言った。偶然の出会いなんていくらでもある。出会いなんて、そんなもんじゃないのか…アキコの表情が意味するものをカズオは計りかねていた。ただ、知り合ってまだ数時間しか経っていない、アキコという女性の茫洋とした過去をその目が物語っているようにも思えた。

店を出た二人は人で溢れる商店街を暫く歩き、外れにある喫茶店に入った。そこでは趣味や特技などといった話題から、さらに突っ込んだ身上のことにまで話は及んだ。アキコは休学していたことを告げ、失恋しちゃったから…と、軽い理由を添えた。それ以上、カズオは問い質さなかった。なんとなく領分というものを意識しながら、お互いが質問を浴びせ質問に答える──二人は途切れなく続く会話に時間を忘れた。ヒロシとの付き合いにおいても、こんな場面を経験したことはなかったとカズオは振り返りながら、アキコの柔和な表情の中に理由を探り出そうとした。

アキコの巧みな話術がそうさせるのか、それともヒロシとその死が介在しない、新たな関係作りを求めているのか…いずれにしても、自然に心を開いている自分に驚きを禁じ得なかった。

一方アキコは、二年近い時間を掛けようやく身近な実体として捉えたカズオに、心が満たされていく自分を感じていた。時折見せる乾いた眼差し、そして突発的に発散される、何か得体の知れない無言の叫びのようなもの—そんなカズオの未知の部分が余計にアキコを惹きつけ、その部分に分け入りたい衝動をもたらしていた。カズオもアキコも、お互いの生き様が醸し出す臭いを感知し、その領域を侵すことなく接合点を見出そうとしていた……


「もうこんな時間……」

腕時計を見ながらアキコが言い、カズオは店の時計に目をやった。

ほとんど人通りの途絶えた商店街をカズオとアキコは並んで歩いた。二人の目に、商店街の出口がぼんやり映し出されていた。カズオは自分の内に探り当てた衝動に納得しつつ、前方に目を据えたままその思いを言葉に表わした。

「今夜、付き合ってくれるか」

歩を止めたアキコは、振り向いたカズオの目をまさぐりながら頷いた。今日の出会いが必ずその言葉に集約されるという、確信とも信念とも形容することのできる思いが、カズオに出会った時からアキコの胸中に抱かれていた。

二人は場末のラブホテルで狂おしいまでにお互いを求めあった。それは、遠い昔に交わした契りをようやく実現させることができた、ある意味での達成感でもあり、新たな触れ合いを求めようとする強い願望でもあった。

　カズオは激しい口付けを繰り返し、乳房を貪り、アキコの深部に入り込む歓びを感じるとともに、それまで抱くことのなかった異質な想いがふつふつと湧き起こるのを感じ取っていた。アキコは、誰憚ることなく、愛という次元にカズオを導いてくれる存在でもあった。

〇〇〇　9　〇〇〇

　なぜアキコをためらいなく受け入れることができたのか、それについてカズオは無理に理由付けをしなかった。アキコを分析する際、常に障害となったのはその背後に隠れている僅かな領域だった。それがアキコにとって、忌まわしい過去と呼ぶべきものなのかどうかさえ定かではなかった。カズオの前ではあっけらかんとした表情を見せ、何のわだかまりもなく話をするアキコではあったが、その部分だけが周到にカズオから遠ざけられていた。まだ時期尚早──それに対してカズオが下した見解だった。

　いずれにしてもアキコの存在がカズオに大きな影響を及ぼしていたのは間違いなかった。アキコの傍らで、その髪の匂いを嗅ぎ目を合わせ想いを口にし、肌と肌でお互いを確かめ合う──なんの意義付けも拘りも必要としないアキコとのふれあいが、カズオの感性を覆っていた分厚いフィルターを一枚ずつ取り除いていった。友人達は口をそろえてその変化を言い募った。中でも、入学以来カズオのことを気に掛けてきたケンジにそれは顕著だった。最近、腫れ物に触るようなところが消えたぞ──それはケンジにとって驚きであり、ダイスケとマサキはそんなカズオを自然体で受け入れていた。

アキコの存在、自身の変化、それによる友人達との質的な付き合いの深まり──そんな連鎖を通して、ようやくカズオは日々の暮らしを認識し、そのあり方を考え、そこに暮らす人々に目を向けることで、初めてその中に自分を位置づける喜びを見出していた。

それは、少年期から徐々に失われていった日常への回帰と言えなくもなかった。その状態が揺るぎない確信に満ちたものではなかったにしろ、関わりある人々を等身大に映し出してみることで、自分自身を見つめる眼が養われていったのは間違いなかった。その支えともなり核ともなっていたのがアキコだった。

そしてまた、人の想いを受け入れ、自分の想いを伝えるという循環作用の必要性とその実践がもたらす意味を、カズオ自身が認識することにアキコの果たした役割は大きかった。

「そう、アキコさんって言うの、その人」

久しぶりに訪れたレインボーでカズオは近況報告をしていた。ヒロシの死後も一ヵ月に一度の割合でカズオは足を向けていた。正直に心に問えば、ヒロシに会うために、という答がカズオの胸の内に用意されているはずだった。アキコとの付き合いは、ヒロシによって植え付けられた精神的な素地が支えにもなっていた。

ヒロシとの関係については、付き合い始めた直後にカズオはアキコに打ち明けていた。話を聴くアキコの表情に変化は全く見られなかった。一通り話し終えて、暫く沈黙が支配した。不安そうに見守るカズオの目を真っ直ぐに見据えたアキコの顔にやがていたわるような微笑みが浮かび、アキコならではの表現で総括した──辛いけど、いい経験したわね、カズオ……

「カズオ君はもともとこの世界の人じゃないから当然よね。でも、良かった……」

ほっとしたようなシマの笑顔にカズオはゆっくりと頷いた。カズオにはシマの了解がなによりの祝福でもあった。まだ時間は早く、客はカズオの他に一人居るだけだった。カズオから最も離れた席に座っているその男が、先程からじっと視線を注いでいることをカズオは感じていた。カズオが取り出した煙草に火を差し出し、シマが声を殺して囁いた。

「いろんな人がカズオ君のこと聞くのよ。でも、あの子は駄目って言ってあるからね」

二人は目を合わせ密かな笑みを交わした。直後に、その男にビールを注ぎに行ったシマの背中を見ながら、カズオは改めてその存在に感謝の念を抱いた。なんとかカズオがヒロシの死を冷静に受けとめられるようになったことに、シマの人となりが大きく貢献していたことは間違いなかった。

思いを自然に吐き出させ、独自の見解を添えて、何気なく解決への糸口を提示する不思議なシマの人間性は、出会って以来カズオを惹きつけて止まなかった。

カズオの側に戻ったシマは、横顔を向けたまま何気なく言葉を吐いた。

「なんだかヒロシ君が巡り合わせてくれたって気がするわね、その人と……」

ヒロシが巡り合わせた…その言葉をカズオは頭の中で反芻し、もの問いた気な目をシマに向けた。

「別に深い意味はないのよ、気にしないで」

慌ててシマはその場を取り繕った。しかしその言葉は、すでにカズオの心の中に小さな沈殿物を作り出していた。

店を出て駅に向かって歩き始めた矢先、突然ヒロシの言葉が甦った……

「カズオ、もし恋人できたら、隠さずに真っ先に俺に言えよ」……

それはいつになく深酒をしたヒロシを、肩で支えながら歩いたレインボーからの帰り道だった。その時は気にならなかったヒロシの言葉が、今になってカズオの胸を締め付けていた。一年という限られた付き合いにおけるヒロシの悩み、苦しみ、悲しみを、その時に思いやることの出来なかった自分の愚かさを思い知り、どうすることも出来ない現実がカズオの心を食いちぎっていた。


ヒロシの存在は、内奥の情念の営みに大きな刺激を与えた。それによってもたらされた飛躍的とも言える進捗が、自らを省みる力をカズオにもたらしていた。

カズオがアキコのアパートを訪れるのは、週に一度、金曜日と決まっていた。無理なく共有する時間を確保するという合意に基づくもので、曜日については、控室での最初の出会い、そして病院での再会がいずれも金曜日であったことがその理由だった。特にアキコが曜日に拘り主張を通した。何かの導きかも―それは、なぜか偶然を尊重しようとするアキコの意向でもあった。その日、午前の講義を終えたアキコが昼食を済ませてアパートに戻り、掃除と洗濯を終えて買物に行き、工夫を凝らした手作りの料理を準備し、夕方にカズオを迎えるというタイムスケジュールが出来上がっていた。それ以外の時間は、極力お互いの私生活を尊重するためにとっておかれた。

但し、キャンパス内は例外だった。時間割を見比べ、余裕のある場合はアキコが昼食を作って持参し、石段で束の間のひとときを過ごした。また事情の許す限り近況報告の時間を持った。いずれの場合もどちらかが会話をリードするというのではなく、時には沈黙が支配する場面もみられた。しかし沈黙も二人にとって、お互いの存在と思いを確認するために有効に機能していた。

一見緩慢にも思える時間が、カズオとアキコにとっては次につながる、貴重なステップとなっていた。金曜日においても特別な趣向や意図は存在しなかった。アキコの手料理に舌鼓を打ち、後片付けが終われば淹れたてのコーヒーの入ったカップを持ち、ベッドに背を凭せてカーペットに座り込み、様々な話題を持ち出しては話に耽った。全ては時間の流れるままに任されていた。それで良かった。それで十分だった……

「カズオ、夏休みの予定は？」

いつもの癖で、アキコは両手でカップを挟んでコーヒーを飲んでいた。

「いいや、別に……まだ先だしな……」

カズオはアキコの横顔を覗き込んだ。

「どうしてそんな先のこと聞くんだよ」

アキコもカズオに顔を向けた。

「ううん、別に……でも、友達と約束でもしてんじゃないかなって思って」

「友達って、あいつ等のことか？」

「そう、あいつ等よ」

そう言って、にっとアキコは笑った。

「あいつ等……か。まっ、それはないな……たぶん」

カズオはカップを下に置き、両手を組んで差し上げた。アキコもカップを下に置き、両手で膝を抱えた。

「あの人達、ほんといい人達ね。なんだか羨ましい……」

カズオはアキコの肩に右の腕を回した。いつの時もアキコは必ず、カズオの右側に座った。

「いい人……か。連中は俺のこと、そうは思ってねえかもな」

アキコは頭をカズオに凭せた。

「じゃあ、あたしがそう思ってあげましょう！　カズオ君」

カズオは右手をアキコの髪に入れた。

「ありがと！　気を遣っていただきまして……」

二人は小さく笑った。その時アキコは、喉元まで出掛かった言葉をやっとの思いで飲み込んでいた。カズオはいい人なんかじゃない！　そんなんじゃないの！…


アキコは女性専用のアパートに住んでいた。六畳大の洋室と三畳程度のキッチン、そしてユニットバスが付いていた。余り部屋を飾りたてない主義だったが、カズオと付き合いを始めた直後に、それまでのグレーに変えて淡いピンクのカーペットを洋室に敷いて彩りを添え、ベッドにもう一つ枕を置き、洗面所のコップにもう一本歯ブラシを入れペアのマグカップを買い揃えた。一見すれば、家財道具と食器類が少し増えただけにすぎなかった。

しかしカズオの場合と同様に、アキコ自身にも大きな変化がもたらされていた。カズオとの付き合いが、それまでに堆積された、どろどろとした灰汁《あく》を取り去る切っ掛けとなり、精神的にも開放され、新たな人生に踏み出したかのような清新な思いに包まれていた。それはカズオの存在そのものが力になっていた。

ともすれば別の世界をさ迷っているような表情、自分以外の者を寄せ付けようとしない言動さえもが、アキコを惹きつけ、カズオの無言の発信が何かをアキコに訴え掛けていた。

カズオは助けを求めている―そんなカズオに、アキコは自分を重ね合わせていた。カズオに巡り合っていなかった時の自分の姿をカズオの内に見ていた―もしカズオに出会っていなければ、あのまま自分に閉じ籠り自分を見失っていた―カズオと出会ったことが、アキコを生き返らせた。アキコを前に向かせた―しかし、カズオはどうすればいいのか…そんな思いが常にアキコに付きまとい、それがなおさらカズオへの想いを際立たせた。

カズオの過去に何があったのか―それを探り出し、再生の力になってやりたい―それがアキコの願いでもあった。全てのカズオとの触れ合いに身を挺して応じることが自分の務め―そうアキコは心を決めていた。

そんなアキコとの一日、一日を、両手にくるみ、いたわるようにカズオは積み重ねていった。それまでにない穏やかな日々がもたらされ、その温もりが、冷えきって寒々とした空洞をゆっくりとあたためてくれるのを実感していた。しかし、じっくりと形作られた、自身を取り巻く背景の整理が追いついていないことにまでは、まだカズオの意識の及ぶところではなかった。

梅雨の晴れ間の金曜日、午後の講義が休講になったカズオは、いつになく早い時間にアキコのアパートを訪れた。いつものように管理人の目を盗んで入口を抜け、そっと階段を上がってアキコの部屋に行った。ブザーの音でドアを開けたアキコの驚いた顔に、カズオはいたずらっぽい笑みを投げかけた。早い時間でもあり、アキコはまだ買物に行っていなかった。暫く思案した後、カズオの提案でその日は銭湯に行った帰りに外で食事を取ることで話が決まり、二人はバスタオルと石鹸だけを手に、普段は閉め切られている非常階段を抜けてアパートを出た。

アキコにとって銭湯は初めての経験だった。銭湯慣れしているカズオが先に出て待ち、十分程後に上気した顔をしてアキコが出てきた。急いだらしく髪がまだ濡れていた。俺が拭いてやるよ—カズオがバスタオルで髪を拭いている間、アキコはまるで小学生のように、両手を下げてじっと立っていた。

二人は駅前まで足を伸ばし、学生でごった返す定食屋に入った。初めて入ったその店の定食は、値段の割にボリュームがあって美味かった。アキコは全てを食べ切れず、半分ちかくカズオが手助けをした。満足して店を出た二人は、アパートへの帰り道、細い路地でキスを交わした。

アパートに帰り着き、カズオは冷蔵庫からビールを取り出して飲み始めた。アキコは洗面所でざぶっと顔を洗ってから、鏡台の前に座って風呂上がりの手入れをした。普段アキコはほとんど化粧をしなかった。化粧水だけを無造作に顔に叩き、鏡の中の自分と相談の上、アキコは、化粧道具の入った引き出しを抜き出し中身をカーペットに並べ始めた。その様子を見ていたカズオはアキコの傍に行き座り込んだ。

「どうすんだよ、これ」

アキコは口を閉じたまま笑った。

「捨てようと思って……もう、お化粧しないし……」

化粧はしない…そう言ったアキコの横顔に、はっきりとした決意をカズオは読み取っていた。その真意から絞り出されたかのようにアキコの眼は潤んでいた。

《どうしたんだ、アキコ……》

いつもと様子の違うアキコを、敢えてカズオは茶目っ気たっぷりに挑発した。

「化粧したら、アキコより俺の方がきれいだろうな」

その言葉が引き金となり、ちょっとした遣り取りがあった後、挑発を受けて立ったアキコはカズオに化粧をし始めた。化粧水と乳液をカズオが自分で塗り、あとはアキコが仕上げていった。ファンデーション、アイブロー、アイライン、チーク、そして口紅が塗られて作品は完成した。

「あたしあんまり化粧品持ってないんだけど、でも、十分ね」

そう言ってカズオに手鏡を渡した。カズオはそれをちらっと覗き込み、すぐにアキコに返し鏡台に向き直った。首から上に別人のカズオが居た。

《前に化粧したの、いつだろう……》

幼い頃に聞いた祭囃子が頭の中で鳴り響いた―神社の境内、提灯の列、色鮮やかな出店、うちわ、御輿…

暫くの間、断続的な映像を巡らせながら穏やかな顔付きで鏡をじっと見つめていたカズオの表情が、一瞬、能面のように凍りつき、しだいに、眉間にくっきりと縦皺が刻まれ、かっと目の見開かれた形相に変わっていった。そっくりだ、この顔―いつしか鏡のカズオに母親の顔が重なっていた。記憶の外に追いやっていた若い頃の母親の化粧顔がそこにあった。同時にその記憶に呼び覚まされたかのように、潜み続けている母親への思いが囁きかけていた―妾、娼婦、売女、淫売…その時、鏡の枠いっぱいにまで拡大された二重写しの像が、まるで嘲笑うかのように醜く口を歪めた。カズオの眼には、それが巨大な膣のように映った。次の瞬間、叫び声もろとも、カズオはそばにあった口紅を力任せに鏡に塗りたくっていた。そして、使い古したクレヨンのようになった口紅を放り投げ洗面所に駆け込んだ。

その一連の現象を、アキコは言葉なくただ見守るだけだった。突然の激変を見せつけられ、一瞬にしてカズオが遠い存在になってしまったかのような不安に駆られ、困惑していた。その思いを引きずったまま、コールドクリームを洗面所に持って行った。化粧道具が散乱した部屋に戻ったアキコは、ベッドの端に腰を下ろし、口紅で染まった鏡を、ただ呆然と眺めていた。

夏が過ぎ三回生も後半を迎えて、カズオ達の間でも就職のことが話題に上るようになった。ケンジは一般企業に的を絞り、ダイスケとマサキが教員採用試験を目指すという話の中、カズオはまだ何も決めてはいなかった。そろそろ考えといた方がいいぞ―三人のアドバイスを聞く時、漠然とした恐れがカズオの胸を塞いだ。まともには扱ってもらえない―社会という漠とした世界について、不安と猜疑心がカズオの心の片隅に渦巻いては消えていった。まだ十分に自分を捉えきれない歯がゆさが、就職という現実に直面することへの恐れを生んでいた。

アキコは夏休みを半分以上残してアパートに戻り、突然バイト先に電話を掛けてカズオを驚かせた。九月に入り以前と変わらぬカズオとの生活を送りながら、徐々に、過去の魔の手が忍び寄る気配にアキコは戦《おのの》き始めていた。

化粧の一件があって、けっして自分には開かれない、その先へは一歩も足を踏み入れることのできない扉の存在を知った後も、却って日を追う毎に強まっていくカズオへの想いを抱きながら、その後を追うように忍び寄り、時には嘲笑い時にはカズオへの想いにまで牙を剝く、黒々とした影が次第にはっきりとした実体として心を蝕んでいく様に、恐れを抱き打ち震えていた。


「アキコ、アキコ……」

魘《うなさ》れているアキコをカズオは揺り起こした。見開かれたアキコの目には、暗闇でもそれと判るほどはっきりとした恐怖の色が浮かんでいた。

「どうしたんだよ、夢でも見たのか」

一瞬身震いをして、初めて傍にカズオが居ることに気づいたかのように、アキコはカズオにむしゃぶりついた。

「カズオ、あたしを離さないで……お願い」

「何言ってんだよ、俺が離すわけねえだろ」

一体アキコに何が起こってるんだ――小刻みに震えるアキコを抱きしめながら、カズオは初めての境地に踏み入っていた。

「俺が守ってやるよ、何があっても」


その季節を象徴するかのような、真っ青に澄み渡った、混じり気のない大気に心も洗われるような秋深いある日の朝、一睡もせず夜を明かしたアキコはある決心を固めていた。迷い、苦しみ、悩み、そしてのた打ち回った末に導き出した苦悶の決断だった。カズオの枕を抱きしめたアキコの頬を、朝陽にきらめく涙がとめどなく伝い落ちていた。


薄い灰色と濃い灰色に色分けされた、分厚い雲が立ち込める冬枯れの日、極限のボリュームに上げられた拡声器と、シュプレヒコールがキャンパスにこだまする中、その年の最終講義を終えたカズオは、ケンジ達と法文通りを下りていた。

十二月初め、大学当局から学費値上げが発表されたのを機に学費値上げ反対闘争が湧き起こり、闘争委員会が結成され一気に学内は騒然とし始めた。アジ演説とデモが連日のように行われ、アピールと称し、講義の最中に数人のヘルメット姿の学生達が分け入った。何度かカズオ達は集会に足を運び、学生達と大学当局との舌戦に耳を傾けた。しかし、他大学からの応援部隊が投入されてから闘争は思わぬ方向へ激化し、それ以後カズオ達の足は集会から遠のいた。

正門前で三人と別れ、カズオは歩いてアキコのアパートに向かった。金曜日じゃないけど必ず来てほしい—そうアキコは懇願した。秋以来、アキコに現れた様々な奇態がカズオを困惑させ苦しめていた。熱病に罹《かか》ったようにカズオを求める時もあれば、何かに魂を吸い取られたかのように、全く生気を失ってしまう場面もあった。考えられる限りのことを想定しても、どれも原因として立証できるものはなかった。

それとなくアキコに問い質しても、返ってくる答は決まっていた—ちょっと気分が悪いだけ…なぜ？—ついにその理由を見つけられないままに今を迎えていた。鉛を呑み込んだような重苦しさを覚えながら裏道を歩くカズオの足元に滴が落ちてきた。見上げた空には寒々とした雲がうねり、まもなく雪に変わることを予感させた。

アキコはいつもと変わりなくカズオを迎えた。食卓には何品も料理が並べられ、ガラスの花瓶には数本の真紅のバラが差し込まれていた。カズオは何かの兆候をアキコの表情に捜し求めた。今日は忘年会よ—そう言うアキコはいつにもまして冷静沈着だった。思い過ごし—カズオはその言葉に取り縋《すが》った。しかしそう考えようとすればするほど、頭の中の靄は濃さを増していった。

アキコの食欲は旺盛だった。食べては話し、飲んでは笑い声を上げた。いつしかカズオもそのペースに乗せられ箸を進めていた。食事が済み後片付けが終わると、アキコはコーヒーを淹れ始めた。いつもの金曜日だ。何も起こらない…カズオは自分に言い聞かせた。

ドリップ特有の香りが部屋中に立ち込め、二人は向かい合わせに座り揃いのマグカップでコーヒーを飲んだ。その時、アキコの微《かす》かな呟きがカズオの耳に届いた。

「今なんか言ったか」

アキコは口元にカップを当てたまま呟きを繰り返した。

「ありがとう……」

カズオには確かにそう聞こえた。それっきり言葉は途絶えた。カズオは潤んだアキコの眼に、一種、異様な光を見て取った。

その夜のアキコはカズオも戸惑うほどの激しさを見せた。のけぞった姿態は喘ぎながら休む間もなくカズオを求めた。身悶えするその表情が放つ声にならない叫びに、何度もカズオは耳を塞いだ―カズオ！　助けて……助けて！　カズオ…アキコの温もりをもってしても防ぎ切れない悪寒が、カズオの全身を貫いていた。


その年、年末から年始にかけ大寒波が日本列島を襲い、大都会の隅々までが雪で覆い尽くされた。冬休みが終わりに近づき講義が再会される頃、跡形もなく雪は消え、そして、アキコの姿も消えていた。その消息を得ようとカズオは駆けずり回った。何も聞いてはいないとアパートの管理人からは突き放され、アルバイト先からは全く情報を得ることは出来なかった。カズオは実家の連絡先を聞いていなかった自分に呆れ、呪った。

アキコは文学部の名簿にアパートの住所を載せていた。緊急連絡があると嘘を付いて駆け込んだ事務室の職員が教えてくれた連絡先は、アパートの住所だった。その時咄嗟に閃いた質問を投げかけたカズオは、その答に愕然とした。アキコは退学届を出していた。
そこまでカズオには予想できなかった。お互いを必要としていたはずのアキコが、突然何の連絡もなく、退学をしてまで自分の前から姿を消してしまう現実が理解出来なかった。なぜ?…幾層にも積み重なった疑問を一つも解消できなかった自分の不甲斐なさに、カズオは苛まれていた。そして、自分の周りの、想いを寄せる人間が次々に姿を消してしまうその苛酷さに、カズオは打ちのめされていた。カズオの生活観を変え、人間観を変えたアキコの存在。それは当然、アキコがカズオの傍らに居ればこそ機能するものだった。
《また、ひとりになった……》
大雪の名残がキャンパスのそこかしこに見受けられた。石段のてっぺんにぽつねんと座り込んだカズオは、まるで自分が、丹念に塗り上げられた水彩画の汚点であるかのように、濁った溜り水に自らを落とし込んでいた。

〇〇〇 10 〇〇〇

講義が始まった直後に闘争委員会はロックアウトに打って出た。数日後、自宅待機となった全学生に、後期試験がレポートに切り替わる旨の通知が届いた。慌ただしい動きが間断なく通り過ぎる時、カズオはまさに傍観者だった。程なく届けられた分厚いレポートの束は、手を付けられないままに机の隅に追いやられた。カズオの機能が悉く停止していた。カズオはレインボーを訪れた。それが唯一、カズオに残された気力だった。

「何て言っていいかわからないわね、その話」

一通りの経緯を聞いたシマは、カズオを見ながら眉を曇らせた。ヒロシの場合とは全く異なる状況に、シマの戸惑いは隠せなかった。

「話聞いてもらえて良かったよ……俺」

その言葉が儀礼であることは、言ったカズオはもちろん、シマも十分承知していた。実際、胸の内を吐き出してもカズオの状態に改善の余地はなかった。シマは腕を組んでうつむいたままだった。カズオは大きく溜息を吐いた。

「俺って、邪鬼にでも取り憑かれてるみたいだな……」

自分を悲しめることで、カズオは、立て続けに起こった不幸の責任を転嫁しようとしていた。それほどカズオは追い詰められていた。ふいに、水を流したばかりの足元のコンクリートに目を落としていたシマが顔を上げた。

「アキコさんって、そんな馬鹿なことをする人じゃないって思うけど……」

シマが何を言おうとしているのか、カズオには判らなかった。カズオの目を見ながらシマは続けた。

「だって変すぎるもの、アキコさん……あっ、ごめんね。でも、冷静に考えてみればカズオ君にも判るはずよ」

変すぎる…確かにシマの言うことに一理あった。アキコの行動は異常と言ってもいい。だけど、どうして…全てはそこに行き着いた。どうして？　なぜ？…

「確かにそうなんだけど、じゃ、アキコがどうしてそんな行動をとったのかって考えると……俺には何にも判らない……答が出てこないんだよ！」

カズオはカウンターに両の肘をつき、頭を抱え込んだ。

「そうねえ、カズオ君に判らないものが、あたしに判るわけないわよね。ただ……」

そこでシマは言葉を切った。カズオは顔を上げ、シマの目を覗き込むように次の言葉を待った。

「アキコさんに限らずなんだけど、人って、相手のことを思えば思うほど、にっちもさっちもいかなくなるってことあるじゃない。カズオ君の話からしか判らないけど、アキコさんって、カズオ君のことは誰よりも好きだったと思うし、精一杯カズオ君のこと考えてたと思うの。そのアキコさんが、カズオ君に何にも知らせずに突然姿を消したのよ。よっぽどのことがなけりゃ、そうはしないわね」

「よっぽどのこと？」

「そう、よっぽどのこと。言い方を変えれば、そうしなければならなかったほどの理由がアキコさんにあって、それはカズオ君にも言えなかったってことかな……」

俺に言えないよっぽどの理由…それほどの理由…少しずつ、カズオの機能が回転を始めていた。

「でも、今のままだとアキコさんも苦しいと思うわよ。ひょっとするとカズオ君以上に……予感で物を言っちゃあいけないと思うけど、このままじゃあ終わらないって、そんな気がするの……あたしには」

シマの最後の言葉をせめてもの気休めに、カズオは家路についた。

アキコも苦しんでいる、このままでは終わらない——シマの言葉を呪文のように繰り返し唱えながら、カズオは来るべき日を待つ毎日だった。しかし、その後アキコからは何の連絡もなかった。


一月下旬にはロックアウトが解除され、当初の予定通り、学費値上げの実施決定を告げる通知が大学から届いた。締め切り前日にようやくレポートの提出を終えたカズオは、まだ冬が居座る二月末のある日、電車を乗り継ぎ古都K市に向かっていた。去年の夏、唯一アキコと遠出をした場所だった。

それは突然アキコが言い出して実現した。それまで若い恋人同志がとる行動とは無縁だった二人にとって、初めて外の世界に自分達を知らしめる、いわばお披露目だった。古都の大路を歩く傍らにアキコが居る——それだけでカズオは満ち足りた気持ちだった。

アキコの手の温もり、その時々の表情、しぐさ——その一こま一こまが、カズオの胸に刻み込まれていた。並んで歩いた石畳、沿道の木々の一本、一本…その一部始終をカズオは再現しようとしていた。そこに何があるのかは判らなかった。何もないかもしれない――そんな思いを胸にカズオは終着駅に降り立った。周囲を山に囲まれた千年の古都は底冷えに凍てついていた。カズオは、その時アキコと歩いた同じ道を辿って行った。

大きな赤い鳥居をやり過ごし、さらに山側に向かって進んで行くと壮大な寺院に行き着く。そこまでは街の喧騒も届いてこない。静まり返った寺院で少し休む…夏の陽射しを、手をかざして見上げるアキコの息がちょっと弾んでいた。額にはうっすらと汗が滲んでいた…風はほとんどなく、すっかり葉を落とした木々が、澄み切った青空に向けて寡黙に枝を伸ばしている。

そこから疎水と呼ばれる幅二メートル程の水路に沿って北に向かう。右側にはすぐ山が迫り、左側には土産物店などが軒を連ねる疎水自体、観光ルートのひとつでもある…疎水を覗き込んだアキコは、魚がいると言ってはしゃいだ…しかし今、観光客で賑わった夏の面影はどこにもない。遊歩道に佇む木々が静かに水路に影を落とし、時折、山鳥の鳴き声が耳に届くだけだ。

黙々と暫く歩いた後、アキコが歩き疲れたと言って立ち寄った喫茶店に入ってみる。店に入るなり、いたる所に並べられた大小様々な紙細工の工芸品が目に飛び込んできた。人が居ないことを除けば、その時に逆戻りしたかのような錯覚を覚える…うわーっ、すごい！　目をくりくりと動かしながら、アキコは感嘆の声をあげた…

コーヒーを注文し、隙間なく出窓に置かれた人形を眺めていると、夏の一場面が鮮やかに甦ってきた……

「これ、何でできてるんだろう」

アキコは、掌に乗せた小さな紙細工を陽にかざし、指でつまんでみては謎を解こうとしていた。

「それ、和紙でできてるんですよ」

アキコの声を聞きつけた店の主人が教えてくれた。

「へえー和紙！　こんなの初めて見たけど、どこで作ってるんですか」

店の主人が言った地名はアキコの実家から程遠くない場所だった。〈和紙の里〉と呼ばれている、そう主人は付け足した。

「知らなかったなぁ、今度行ってみよう……ねっ」

そう言ってアキコは微笑みかけた。夏の陽を浴びたその笑顔は、屈託がなかった。

「よかったらそれ、差し上げますよ」

嬉しい申し出に、アキコは立ち上がり店の主人にペコンと頭を下げた。振り向いた目が悪戯っぽく笑っていた……

店にはアルバイトの学生が居るだけで主人の姿はなかった。コーヒーを半分程飲み残し店を後にした。

帰りの車中で、アキコと過ごした一日を振り返りながら、カズオはしきりに一つの俗称に執着していた—和紙の里…

カズオと情念との密やかな対話がもたれていた……

清らかな水を湛えた小川が流れていた。川岸には可憐な野の花が咲き乱れ、小鳥のさえずりが聞こえている。先には水車小屋があり、溜りになった水辺で人々が働いていた。男性の頭にはバンダナのように手ぬぐいが巻かれ、女性は麦藁帽子を被っていた。何をしているのかはわからなかった。

近づいてみると、水の中には葉とも茎とも知れぬ丈の長い植物が浸けられている。何をしているんですか——カズオの問いかけに、ひとりの少女が麦藁帽子を脱ぎ、そよ風に長い髪をなびかせながらカズオに笑顔を向けた。それは、紛れもなくアキコの顔だった……


春休みに入り、エレベータ点検のバイトに明け暮れるカズオの元に一通の封書が舞い込んだ。差出人の住所も名前も書かれていなかったが、宛名の文字は明らかにそれがアキコからのものであることを示していた。消印はT県のものだった。

手紙は、アキコを第三人称の主人公として物語風にまとめあげられていた。カズオは食い入るようにその手紙に目を通していった。

act 1　アキコの大失態

昭和△△年四月、アキコはK大学文学部国文学科に入学しました。アキコにとって心弾む大学生活の始まりでした。アキコは早速、軽音楽部に籍を置きました。ギターが趣味だったのです。しかし大学のクラブはレベルが高く、アキコはついて行くのが難しそうでした。夏休み前に他大学との交流会があり、そこでアキコはYと知り合いになりました。それまでアキコが出会ったことのないタイプの男性でした。ギターが上手くボーカルも担当していました。Yに声を掛けられ、アキコはギターの手ほどきを受けました。Yも下宿生で、アキコのアパートとはひと駅しか離れていませんでした。アキコはYのアパートに通い始めました。ギターを教えてもらうためでした。大学生活初めての夏休みも返上して、一生懸命練習に打ち込みました。努力の甲斐あって、一ヵ月もするとアキコのギターは格段に上達していました。アキコはYに感謝しました。

八月のある日、突然の夕立で、アキコはYのアパートで暫く雨宿りをしました。そしてその時、アキコとYは結ばれました。アキコにはちょっと強引に思えましたが、Yの態度には悪びれた様子もなく、それからなんとなく付き合いが始まりました。夏が過ぎ秋になり、そして冬を迎える頃、アキコは身体の変調に気づきました。妊娠していたのです。Yのアパートでそのことを打ち明けると、Yのそれまでの態度が一変しました。まるでアキコだけの責任のように罵りました。そして言うことはただ一言、堕ろせ！でした。アキコは悲しくもあり腹立たしい思いにもなりました。口論となって、Yはアキコを突き飛ばしました。突き飛ばされたアキコは、勢い余って机の角に激突しました。Yはそのまま出て行ってしまいました。

アキコは突然の激痛に襲われ、のたうちまわりました。とてつもなく長い時間が過ぎたように思われた頃、声を聞きつけた隣の部屋の人が苦しむアキコを発見し、救急車を呼び病院に運んでくれました。幸いアキコは一命を取り留めましたが、赤ん坊は流産してしまいました。Yは口論の時以来、一度もアキコの前に姿を見せませんでした。

一連の出来事にショックを受けたアキコは、傷つき気力を無くし、そのままアパートに引きこもってしまいました。それからは何もする気は起こらず、ただ食べて寝るの毎日が続き、次の年の春に、とうとう大学を休学してしまいました。これが、アキコが自ら招いた大失態の顚末です。

act1を読み終えた時、なぜそれを話してくれなかったのかとカズオは心の中でアキコを罵った。気持ちを入れ替えたカズオは、act2に目を通していった。

act 2 アキコの大冒険

ある時アキコは、ある男の人の心の中を旅しました。そこは暗くて道が複雑に入り組み、道標も何もありませんでした。恐る恐る進んで行った先に、ぼうっとした薄明かりを見つけました。近づいて行くと扉があり、中にはその男の人のお母さんが住んでいました。でもその姿は、無理やり厚化粧をされ醜く歪められていました。誰がこんなことをしたの―アキコが訊ねても首を振るだけで、そのお母さんは何も言ってはくれませんでした。一緒にここを出ましょう―アキコが誘ってもお母さんは首を振るだけでした。諦めて帰ろうとした時、初めてお母さんは口を開きました。いつかこの子はわかってくれますよ―それだけ言うと、お母さんはアキコを見送ってくれました。アキコは後ろ髪を引かれる思いでお母さんにお別れの挨拶をしました。遠ざかるアキコに、お母さんはいつまでも手を振ってくれました。帰り道、この男の人が早くお母さんのことをわかってあげられるよう、アキコはずっと祈り続けていました。

カズオにとってそれは意外な文面だった。アキコが何かを示唆しようとしていることは理解出来た。母親を歪めている―カズオはその言葉を胸に留め、act3を読み始めた。

act 3 アキコの恋、そして愛

休学して二ヵ月余りが経っても、気持ちは暗く沈んだままでした。休学していることは誰にも話していませんでした。いえ、話せませんでした。そんなある日、アキコはなんとか気力を振り絞って大学に行ってみました。そして久しぶりに訪れた法文の控室で、アキコは初めてKに出会いました。最初は何でもない出会いだと思っていましたが、ある時、なぜかKのことが気になり始め、そして忘れられなくなりました。それから何度か大学に行くようになり、時々Kを見かけました。アキコはいつしかKに恋するようになりました。でも、声を掛けることはできませんでした。惨めな姿でKに接したくなかったのです。このままでは駄目になる――ようやくアキコに前を向く気持ちが生まれました。アキコは一念発起し、休学を取りやめ、二部の講義に通いながら転学科の準備を進めました。生まれ変わって再びKに巡り合いたい、Kと話がしたい、Kのことをもっと知りたい――そんな想いを胸にアキコは必死で頑張りました。そして、その時から二年近い年月が過ぎ去ったある日、アキコはKに再会することが出来ました。それはあまりにも偶然の出会いでした。その時、アキコの全身に鳥肌が立ち、血が沸騰したかのように身体が熱くなり、身体中が心臓になったかのような激しい動悸を覚えました。

それから、アキコとKは付き合い始めました。アキコにとって本当に幸せな日々が続きました。Kのためにお料理を作りKといろんな話をすることは、アキコにとって、ささやかではあっても希望の光が溢れるものでした。Kはとっつきにくくてぶっきらぼうで、そしてアキコにとって不可解な面も持っていました。そんなKの存在そのものが、アキコに生命を吹き込みました。アキコに生きる力を与えてくれました。だからこそ、Kに自分の全てを捧げたいと思いました。そうすることがアキコの歓びでした。

しかし、だんだんアキコは、過去の過ちに苛まれるようになりました。それはアキコを苦しめました。それは悪魔のようにアキコに付きまとうようになりました。なぜなら、自分に最も大切なものを与えてくれたKに対して、アキコにはそれに応えることのできない致命的な欠陥があったのです。それはKにとって不幸をもたらすものでした。アキコは、その過ちがもとで、もう子供を産むことのできない身体になっていたのです。

そのことをアキコはKに話そうかとも思いました。話せばKは必ずわかってくれると確信もありました。でも、そうすることは出来ませんでした。Kには何の責任もないことで、最も辛い人生の重荷を一方的にKに背負わせることは、とてもアキコには出来ませんでした。でも、Kに対する想いは以前にも増して募る一方でした。悩んで悩んで悩みぬいた末に、アキコはKの元を去る決心をしました。それもKに悟られることなく、突然姿を消してしまう必要がありました。なぜなら、少しでも悟られると、逆にKの傍を離れられなくなる自分がわかっていたからです。

Kの元から去る決心をした時、そこまですることはないと、もう一人の自分が囁いていました。でも、アキコの決心は変わりませんでした。自分のことは全く考えなかったと言うと、それは嘘になります。もう苦しみたくない、そんな気持ちがあったのは事実です。しかしそれ以上に、今、Kの元を去らなければ、将来必ず、今度はKが苦しむことになる、それもアキコ自身が犯した過ちが原因でそうなることが、アキコにはわかっていました。

アキコは、そんな過ちを犯した自分を許すことができませんでした。ただ、過去に苦しんでいるのはアキコだけではなく、Kにもそれは言えることでした。その苦しみを解消してあげられなかった無念さを抱き、アキコはKの前から姿を消しました。

それから三ヵ月、アキコはようやくKに手紙を書くことが出来るようになりました。でもどう書けばいいのか、どうやってKに気持ちを伝えればいいのか迷いました。

思い悩んだ末、できる限り事実を伝える必要があると思いました。そしてできる限りKの気持ちを傷つけないよう、物語としてKに読んでもらうのがいいのではないかとアキコは考えました。伝え切れないことは承知で、アキコは物語を書き始めました。そしてそれを読むKが、アキコという人間を愛したことは間違いではなかったと、そう思ってもらうことが今のアキコの、たったひとつの願いだということを、最後に書きたいと思いました。

終

物語はそこで終わっていた。act3には、カズオと一度書いてKに書き直した箇所が随所に見受けられた。カズオはact3を何度も読み返した。しかし何度読み返しても、なぜ?という問いに対する答を見つけ出すことは出来なかった。さらに、Kも過去に苦しんでいるという文面が、カズオを混乱させていた。

失踪、届けられた手紙―そのいずれもがアキコの苦悩を物語り、なんら手を差し伸べることの出来なかった自責の念がカズオに圧し掛かっていた。アキコの叫びが、闇に閉ざされた空洞にいつまでも反響する様に成す術はなかった。

カズオはアキコの手紙をシマに見せた。アキコさんは、自分が一番大切に想っている人を守ろうとしたのよ―それがシマの下した解釈だった。こうなったら、どうしようもないわね…そんな判断も付け加えた。しかし、シマの言葉はカズオを素通りしていた。カズオにはどうしても解釈できない文面があった。

過去に苦しんでいる―その言葉が頭にこびりついて離れなかった。カズオは正直にシマに打ち明けた。

「あたしも気になってたの、実を言うと……」

「どうして？」

「だって、ヒロシ君とおんなじなんだもの」

「ヒロシさんと同じって？」

「ほら、カズオ君の兄貴になってやりたいって言ってたこと……」

「それが……？」

「その時ヒロシ君、こんな風に言ってたのよ―カズオを過去から引っ張り出してやるんだ、って……」

過去から引っ張り出す…過去に苦しんでいる…一体、何だって言うんだ！　俺がどうしたって言うんだ！

「カズオ君、人間ってどっちに転んでも弱い生き物だってあたしは思うの。どんな人間も、その弱さを乗り越えよう、強くなりたい、って思ってるんじゃないかしら……」

「……」

「でも、産まれながらに強いって言うか、自分をコントロールできる人も中にはいるのよね」

「だったら？」

「そうねえ……そういう人は……たぶん、苦しいことや辛いことや悲しいことに負けない自分を創っちゃって……」

「それ、二重人格者ってことか？」

「そんな風に言う人もいるわね……」

「じゃ俺は、産まれながらに強い人間で、過去に何かがあって、それを乗り越える為に自分をコントロールして二重人格者になったってことか？　過去に苦しんでるってそういうことなのか？」

「カズオ君、先走らないの！　困った人なんだから……」

「俺、ヒロシさんの言うことも、アキコの言うことも、何がどうなってんだかさっぱり判んねえんだよ……俺にはさっぱり……」

「いい、カズオ君。カズオ君の場合はもっと違うことだと思う。だってもしもよ、二重人格だったら、ヒロシ君に判らなかったと思う？　アキコさんが気づかなかったと思う？

二人が言おうとしているのは全く別のことだとあたしは思うわよ」

「別のこと？」

「そう、別のこと。だって現にヒロシ君もアキコさんも、カズオ君がどう思っていようと、苦しんでるカズオ君を見てるのよ！　なんとかしてあげたいって思ってたのよ！」

「……」

「じゃあ、どう違うのかって聞かれたら困るけど、でもね、あたしもカズオ君を見てて感じてることがあるの……。カズオ君は自分の内で、何か……そう、葛藤してることがあるのは確かだなって…変な言い方だけど……」

「葛藤してる？」

「そう、葛藤してる……あたしにしては、ちょっと難しい言葉よね。うーん……闘ってる、とも言えるかな。それで、その闘ってることが過去と何か繋がりがある、ってことじゃないかと思うんだけど……。うまく言えなくて……。それと、なんだか突き放すようなんだけど、それはカズオ君自身がなんとかしない限り、どうにもならないんじゃないかって気もしてるの。そんなカズオ君を見てて、ヒロシ君とアキコさん、カズオ君のことが好きっていう気持ちとは別に、人間として何か共感するものをカズオ君に対して持ってたって、そう思ってるの、あたしは……。そういうあたしも、その一人だけどね……」

カズオはシマの最後の言葉をじっくり噛みしめた。今、自分のことを意識の片隅にでも置いてくれる人間が居ることに、素直に感謝した。

○○○ 11 ○○○

アキコ、ヒロシ、シマ、そしてケンジ、ダイスケ、マサキ──大学入学以来の様々な関わりの中で、自分を守ることが即ち生きることであるというカズオの強固な偏執は揺らぎ、変化を遂げてきた。カズオを取り巻く人々の想いが、道筋を照らし出し進む方向を指し示してくれた。

それはけっして平坦でもなければ、先の見通せるものでもなかったが、時には足を引き摺りながらもカズオ自身が歩みを止めることはしなかった。しかし、カズオの深奥を覆う濃い靄を蹴散らし、闇に一条の光を通すには十分とは言えず、その道程には険しいものがあった。

分断を余儀なくされた人格──今ある自分と過去とが隔てられ、人としての変遷が断ち切られ、そこにはただ、深い淵が横たわっている──そんなカズオの人格そのものが障害となり、頑なに、そうである事実を認識することすら拒んでいた。

閉じ込められた人格を人前に晒す無意識の恐怖が内に潜み、それがカズオを制御し、外の世界から遠ざけていた。しかしながら、失われた人格連鎖を取り戻す最後の道筋を見出す術は、カズオ自身に委ねられていた。それを手にするにはさらに時間が必要だった。

きららかな季節を迎え、キャンパスがゆっくりと胎動し始める中、カズオ達の最終年度も動き始めていた。ケンジは企業訪問の計画を練り始め、ダイスケとマサキは教員採用試験の準備に余念がなかった。そんな三人のもうひとつの関心事、それはアキコを失ったカズオだった。

アキコとの付き合いにおける、カズオの変化の過程を目にしてきた三人にとって、今後のカズオの動向を他人事として片づけることはできなかった。今回の一件はヒロシの時以上に、三人の胸底を直撃していた。

カズオとの関わりにおいては、ケンジ、ダイスケ、マサキそれぞれに思いがあると言ってもよかった。カズオをもてあまし者と断じることをしなかった、共感を呼び起こす根が、三人三様に植え付けられていた……

カズオの居ない〈ネストクラブ〉の集まりで、ケンジ、ダイスケ、マサキの三人は、虚空を睨みながらそれぞれの思いに耽っていた。桜の舞う、外の華やかさと対を成すような重い空気が漂っていた。沈黙がその日の主題であるという無言の合意が成立しようとしていた時、突然ダイスケが、セットタイムに促されたかのようにひとりでに喋り始めた。

「俺、今のカズオ……いや、今までのカズオを見てて、なんか身につまされるって言うか、妙な気分なんだよなぁ。言ってみりゃあ、カズオって、ひょっとして俺自身だったんじゃねえのかなって……そう思えるよ」

マサキにどういう意味かと問い掛けられ、ダイスケは高校時代の自分について語り始めた──

公立高校の受験に失敗したダイスケは、仕方なく私立への入学手続きをとった。夢も気力もなく、ただカレンダーが捲れていくのを眺める毎日が続いた。幼い頃から何かにつけ比較されてきた兄姉は、県立の進学校を卒業していた。受験失敗に関して、両親はたったひとこと言っただけだった──行くとこがあって良かったじゃないか…次第にダイスケは生来の明るさを失い、家族とも口を利かなくなった…俺は余計者ってことだ…

そんな折り、中学時代からの顔見知りが声を掛けてきた──ぱあーっとやらねえか…ダイスケの生活は一変した。夜な夜な暴走族と共に走り回り、酒を飲み、女を抱き、そして、シンナーに溺れていった。絵に描いたような逃避行動だった。

たまに家に戻れば、邪魔者扱いされた──金くれたら出てってやるよ！──声高に叫ぶダイスケの眼は血走り、生気を失い、濁っていた。金だけが家族との接点だった。

そんな中、唯一、傍若無人を装うダイスケの心の叫びを捉えたのが高校の生活指導担当だった。何度か話し合いを持ち、その度に物別れに終わっていたにも拘わらず、ほとんど登校しなくなったダイスケとの接触を何とか図ろうとした。退学処分とならなかったのは、その教師のとりなしに負うところが大きかった。そして入学後二年目の夏、事件は起きた。

暴走族の溜り場に乗り込んできた教師と、あまりの執拗さに業を煮やした仲間とで争いとなり、反射的にダイスケは中に割って入った。瞬く間に二人は暴力の餌食となっていた。轟音が走り去ったあと、下腹部を刺され血塗れになった教師と、傍らに呆然と佇むダイスケの姿があった。救急車の中、命を顧みず自分を庇おうとした教師の手を握る、包帯の巻かれたダイスケの手に、ようやくその思いが伝わっていた。幸い教師は一命を取りとめ、ダイスケは高校への復帰を果たした—

「もしあの時その教師がいなけりゃ、俺はどうなってたか……けど、カズオは……その先に行っちまった」

再び沈黙が訪れた。そして再び、今度はマサキが話を引き継いだ。

「俺も似たようなもんだな。あの時のこと考えりゃ……」

マサキは、中学時代の自分を振り返った—

中学入学以来、マサキは常にトップクラスの成績を維持していた。そして三年になった直後の学力テストで遂に学年一位に躍り出た。両親は手放しに喜び、マサキを褒めそやした。

マサキの両親は教育熱心で、それはより父親に顕著だった。テストの成績、それだけが二人の評価基準だった。マサキは両親の喜ぶ顔を見たさに、小学校入学時から必死に勉強した。しかし、体調をくずしたまま受けたある日のテストで、初めて思うような点数を取ることが出来なかった。いつも通り、マサキは返却されたテストを両親に見せた。その時の父親の態度が、その後のマサキの行動を決定づける結果になった。父親は答案を破り捨て、次のテストの結果を見るまでマサキとは口を利かなかった。

小学校高学年を迎えたマサキは、勉強そのものより、カンニングペーパー作りに専念するようになっていた。両親の喜ぶ顔が見たいという理由が、いつの間にか、親の前では優等生でありたいというものにすり替わっていた。あの時の、父親の冷淡な態度がそう思わせていた。

父親の存在が、マサキにとっては恐怖と同じ意味合いを持つものになっていた。カンニングペーパーは、押し寄せる恐怖心の波を押え込む防波堤であり、マサキにとっての拠り所だった。両親の前では明朗で賢い子を装う一方で、自室では、勉強と称してカンニングペーパー作成に没頭するマサキの姿があった。

そんな状態に終止符が打たれたのは、中学三年の一学期、期末テストの時だった。前に座るはずの生徒が欠席し、無理な状況でカンニングを試みたマサキを試験実施担当の教師が見咎めた。すぐに担任に報告され、その日の試験終了後、担任との長い話し合いが相談室でもたれた。そして、終了間際に聞いた担任教師の言葉が、マサキの琴線に触れた。

「今までいい点が取れて嬉しかったか？　やった！と思えたか？　気持ちはすっきりしてたか？　心は晴れ晴れしてたか？　自分は大した奴だと思えたか？　友達との付き合いは楽しかったか？　学校は面白かったか？　その内一つでも思い当たることがあれば、カンニングを続けろ！　俺が許す。もし、そのどれも当てはまらなかったら、カンニングはやめろ！　いいな、マサキ」

担任の教師は、敢えて家族には言及しなかった。マサキに賭けていた。

翌朝職員室に立ち寄ったマサキは、担任の教師にボソリと一言だけ告げた──どれもあてはまらなかった…わかった！頑張るんだぞ──そう言って担任の教師は、マサキの尻に手の平を思いきり叩き付けた。

それ以後カンニングの話題が持ち出されることはなく、マサキは本来の自分を取り戻すことが出来た。父親の影が消えてなくなったわけではなかったが、少なくとも恐怖心は失せていた。カンニングが表沙汰になるまでほとんど口を利いたこともなかった担任教師の存在が、病んだマサキの心の瘤を摑み取り、捨て去ってくれた──

再び訪れた沈黙の中で、空ろな眼をしたマサキの呟きがケンジとダイスケの耳に届いた。言いたいことがあるんならはっきり言えよ──ダイスケの声に、マサキはゴクンと唾を飲み込んだ。

「カズオは独りだったんだよな……独りで今まで来たんだよな……カズオは……強い奴だよな……」

マサキの言葉を聞いたケンジが、その日初めて口を開いた。

「ダイスケ、マサキ、カズオの声って、聞いたことあるか」

ダイスケとマサキは顔を見合わせ、ケンジの言葉の真意を探り合った。

「カズオってさぁ、ほんと、面白い奴だよな……」

頭の後ろで手を組み窓の下の壁に背を凭たせ、さっきの問い掛けなどなかったかのように、まるで夢を見ているような表情でケンジはひとりごちた。その日、ケンジが発した言葉はそれだけだった。

五月。目に鮮やかな新緑がキャンパスを彩り、新入生と思しき学生達の溌剌とした姿に眩しさを覚えながら、カズオは友人三人と共に石段にあぐらをかいて座り、緩慢な時を過ごしていた。過ぎるままの時に身を任せ、何を考えるでもなく友人達との他愛ない話に興じる、無為とも思えるそんなひと時がカズオの心を癒していた。

アキコとの一件は全く手付かずのまま、八方ふさがりの状態にあった。考えれば考えるほど、アキコの存在は却って遠いものになっていくように思えた。あまりに強い衝撃が壁となり、アキコを理解しようとする気力を萎えさせた。その壁に記された小さな糸口さえ、カズオには見えなかった。がむしゃらに自身を駆り立てる術を見出そうとするわけでもなく、ただ、アキコの苦悶が重く圧し掛かる毎日に耐える日々が続いていた。

そんな日々において、友人達の何気ない働きかけに慰めを求める、より安易な状況を選択することで、カズオはかりそめの平安に身を委ねようとしていた。

話の成り行きで久しぶりに麻雀卓を囲もうということになり、四人はマサキのアパートに向け坂道を下りて行った。途中、家への連絡を済ませたケンジが、入れ替わりに無理やりカズオを電話ボックスに押し込み、カズオは苦笑いを浮かべながら自宅の番号を回した。カズオが母親に連絡を入れるのは初めてのことだった。一回の呼び出しで電話口に出たのは母親のすぐ下の叔母だった。

「カズオ君ね。ああ良かった。大変なのよ——」

叔母は早口で経緯を説明した——その日、早出当番だった母親が、昼過ぎに勤めに出ようとしてドアを開けた直後に倒れ、H市の市民病院に緊急入院した。病院から連絡を受けた叔母は、すぐに隣の県に住む三女の叔母に電話を入れ、付き添いを頼み、自分はアパートに赴きカズオに連絡を取ろうと大学に電話を入れたが捕まらず、やきもきしながら待っていた…

「じゃあすぐに来てね！　要る物は用意して持って行くから」

そう言って叔母は電話を切った。ボックスを出たカズオは、友人達に訳を言い病院に向かった。


母親は六人部屋の病室で点滴を受けて眠っていた。顔にはほんのりと赤味が差し、その眠りは穏やかだった。居合わせた看護婦の指示に従い、カズオはそのフロアにあるナースステーションで病状説明を受けた。過労による心筋梗塞で二週間程の加療が必要だが、今のところ生命に別状はないと、レントゲン写真を見ながら事務的な口調で医師は言った。

病室に戻ってみると、母親は目を覚ましていた。ちょっと疲れただけ、大丈夫だと言って力のない笑みをカズオに向けた。カズオは医師から聞いた病状を簡単に伝えた。それを聞いた母親は有難うとひとこと言い、カズオは軽く頷いた。

ふと見ると、枕元の小さなワゴンに置かれた湯飲みには黄色いお茶が入っていた。晩飯は…そんな言葉を掛けようとしたカズオに、叔母達を捜してきてほしいと母親が頼んだ。カズオは病室を後にした。

市民病院は、その周辺においては最も規模の大きな総合病院で、離れた地域からも多数の外来が訪れていた。その時間、すでに夜の診察の受付が始まり、一階の待合場所に置かれたソファは外来の患者でほぼ埋まっていた。叔母達を探して一階まで降りてきたカズオは、四角い柱を取り囲むソファに座って話をしている、叔母達の横顔を遠目に確認した。丁度その反対側の席が空いたのを見て、カズオは遠巻きに近づいて行った。

二人の叔母は話に夢中なのか、カズオに気づいている様子は全くなかった。どうやら昔話に花を咲かせているらしい。カズオは一息入れようと煙草に火を点けた。周囲の状況を押しのけ、叔母達の話し声が一語、一語はっきりと、カズオの耳に届いていた……

「あたし、姉さんのことよく知らないもの」

「だから姉さんが引越してまた小料理屋を始めた時よ。あの時は大変だったんだから――」

「大変って？」

「だってカズオ君はまだ乳飲み子だし、他に頼る人はいないしで、姉さん、カズオ君をおんぶしながら店に出てたのよ」

「一人でやってたの？　義兄さんは？」

「義兄さんはそれから二年、いや三年かな、それから一緒に住み出したんだもの」

「どうして？」

「奥さんなのよ！　義兄さん、もともと婿《むこ》養子でしょ。そのせいか、奥さんも子供も気位が高いっていうか……随分辛い思いしてたってことよ、義兄さん。そんな時に姉さんの店に出入りするようになって、深い関係になったの。で、カズオ君が産まれたんだけど、奥さんの方は頑としてそれを認めようとしなかったのね。そうなったのが自分のせいだって思われたくなかったんだと思う……」

「それで？」

「カズオ君が産まれると、とりあえず姉さんは引越したの。たぶん、自分一人で育てようって思ってたんじゃないかしら。でも、女手ひとつで、知らない土地で、しかも自分で店をやりながらでしょ。考えただけでも大変よね。あたしにはできないなぁ」

「それで？」

「それで暫くして、義兄さんが居所を探し当てて訪ねて来て、もうちょっと待ってくれ。離婚できなくても家を出るつもりだから、そしたら一緒に住もうって姉さんに言ったんだって」

「そうか……それで認知が遅れたのね……。でも、姉さん、ほっとしたでしょうねえ」

「そうねぇ……そうだと思う。だって二人は、えっとー、その時の近所の人の話ではよ、あれほど好きになれるんだなって思うぐらいお互いを想ってたって。あたしもそう思ったなぁ、二人を見てて」

「へえー、姉さんいろいろあったけど、やっと巡り合えたのね、好きな人に。あたし、姉さんのことも義兄さんのことも理解してなかったかなぁ……」

「そうねえ……自分達の想いの強さもあったでしょうけど、なんと言ってもカズオ君のためだったんじゃないかしら、一緒に住んだのは。ほんと、二人ともカズオ君のことは可愛がってたし、カズオ君もほんと、可愛かったの。ほらさっき、姉さん、暫く一人で店をやってたって言ったでしょ。そんな時ってふつうはよ、子供って手に余るじゃない。だけど姉さん言ってた。カズオが居てくれたからやってこれたって。あたしも店を覗きに行ったことあるんだけど、その時のカズオ君って、背中におんぶされて、お酒の匂いのぷんぷんする店で、煙草の煙がもうもうする中でよ、泣くどころかお客さんの相手するんだから——まだ一つにもならない赤ん坊がよ……あたしそれ見て、ほんと泣けちゃったわよ」

「そうなの……カズオ君がねえ。でも姉さん、いろいろ言われてたわよね、親戚連中に」

「そうねえ。頭の固い人達っていうか、偉い人が多いからね……。でも姉さんは負けてなかったじゃない、あたしの生き方に文句のある奴は出てこい！　ってもんだったわよ。姉さん、必死だったんだろうなって思うし、大変だっただろうなって思うけど、なんてったって、カズオ君と義兄さんが居たから」

「そうかあ……じゃあ姉さん、今辛いでしょうね。カズオ君があんな風になっちゃって」

「そう……ねえ……」

そこまでの話を聞き、全く口をつけることのなかった煙草を揉み消し、カズオはそっとその場を立ち去った。

時は流れを止めていた。ゆっくりと階段を上り、踊り場で上に続く段を見上げ、またゆっくりと上っていくことを繰り返しながら、カズオは病室に辿り着いた。ほとんどの患者がカーテンを引き自分の時間を過ごす中、母親は戻ったカズオにじっと視線を注いでいた。ベッドの足元に立ち、叔母達はすぐ戻る、明日また来る――それだけを伝え、背を向けて出ようとしたその時、母親の言葉にカズオはびくっとして振り返った。

「カズオ、アキコさんのこと待っててておあげよ」

アキコと聞いただけで、カズオは言葉を失っていた。母親は天井に目を向けたまま、まるで思い出を辿るように喋っていた。

「あの子はいい子だよ。今、修業してるんだろ」

母親が正気を失ったのではないかと、カズオは思わず枕元ににじり寄った。母親はカズオに顔を向け、微笑んだ。

「あたし達、仲良しなんだよ……」

去年の夏過ぎからちょくちょく電話が掛かってきたと母親は言い、驚いたことに、一度アパートに来たことがあるとも言った。修業のことをカズオが尋ねると、訳あって家業の和紙作りの修業をする為に、仕方なく帰らなければならなかったのだと、まるで親戚縁者の消息を話しているかのように母親は語った。

アキコの家は造り酒屋だったはずだ…それに、なぜ今アキコの話を…カズオには、何がどうなっているのかさっぱり判らなかった。カズオの困惑を見抜いたのか、母親は枕のすぐ側に置いてある小さな巾着から取り出したものを見せてくれた。

「これ見てたら、アキコさんのこと思い出してね」

母親の親指と人差し指につままれていたのは、和紙で作られた、小さな白い鶴だった。

○○○ 12 ○○○

病院を出たカズオは、電車には乗らず歩いて自宅に向かった。アキコさんから連絡があったら、よろしく言っといてね──別れ際の母親の言葉が、まだ頭の中をグルグルと回っていた。

市民病院と自宅の最寄り駅とはふた駅の距離だった。歩いても一時間とは掛からない。歩き出してカズオは、二、三度強く頭を振った。立て続けに耳にした想像もしなかった話が、まるで焼けついた鉄鎖のように脳髄に絡まりついていた。その強烈な刺激を少しなりとも振り払おうとする、発作的とも言える反応だった。

しかし、事実は否応なくカズオを捕らえて離さなかった。二つの、厳然たる、動かしようのない事実―まずカズオを捕らえたのは、アキコだった。
《なぜアキコは電話を？　いったい何の為に？　なぜアパートに？　そこで何の話を？　何が起こったんだ？　突然の失踪にどう繋がるんだ？　なぜアキコは黙ってたんだ？　なぜ俺に何にも言ってくれなかったんだ？　なぜ？……なぜ？……なぜ？》
答の見出せない疑問が、沸き起こっては消えていった。

アキコを電話に駆り立てたのは、カズオとの化粧の一件に端を発していた。カズオを理解したい、その一心からだった。何度か電話をするうちに気心も知れ、ぜひ一度会って話がしたい、という双方の思いがアキコをアパートに向かわせた。
そこで母親を一目見るなり、アキコはカズオの深層を垣間見たように思えた。細面ながら、その造作はカズオそのものだった。母親にとってその出会いは、アキコがカズオを支えてくれる人であるという予感を、確信に変えるものだった。
話が一段落したのを機に、幼い頃のカズオの様子を訊ねたアキコに、母親は、カズオの生い立ちについて嚙み締めるように語り始めた。その話はアキコの想像を遙かに超えるものだった。そして、話の締めくくりに聞いた母親の言葉が、その後のアキコを決定づけた
―カズオが居てくれたから、あたしは今までやってこれたと思ってます。だけど、アキコさんも気づいているでしょうけど、カズオは今…さ迷ってるの…こんな言い方は変だと思うでしょうけど、あたしのせいなんです。

でも、アキコさんとお付き合いを始めて、随分変わりました。あたしには手に取るように判ります。アキコさん、今日、アキコさんにお会いできて本当に良かったと思っていま す。だからこそ申し上げます。

どうか力を貸してください！　カズオと幸せな家庭を作っていって下さい！　賑やかで楽しい家庭を作って下さい！　お願いします…

何の進展もないまま、カズオは黙々と歩を進めていた。程なく南北を貫く環状道路との交差点に差し掛かり、信号待ちをした。向かい側には、煌煌と照らし出されたファミリーレストランがあった。漫然と店内を見渡していたカズオは、窓際でひと組の家族が食事をしている様子に吸い寄せられた。

明るい光に照らし出されたその光景は、自分には全く縁のない世界だとそれまで考えていた。頼りになる父親、優しい母親、その傍らに笑顔の子供達…父親と…母親と…子供……

「カズオ、しっかり食べるんだぞ」

遊園地に行った帰り、カズオ達はデパートのレストランで食事をとった。テーブルに並べられた料理を前に、カズオの目は輝いていた。

「はい、たくさんおあがり」

そう言って母親は、盛り付けた小皿をカズオの前に置いた。無心に食べるカズオを、父親と母親の目が見守っていた。ふと顔を上げたカズオは、目が合った二人に微笑みかけた……

突然、カズオの心は波立ち始めた。自分に対する疑念が渦巻き始めていた。その時信号が変わり、カズオは再び歩き始めた。暫くして、川の流れに行き当たった。

手を枕に、護岸工事の施された土手のコンクリートにカズオは仰向けに寝転んだ。周囲の明かりで星を確認することはできなかった。目を閉じたカズオは、改めて叔母達の話を振り返った。

その事実の重さ、その事実が意味するものと対峙した──あれほど好きになれるのかって思うくらい二人は想い合ってた──姉さんもやっと巡り合えたのね、好きな人に──離婚できなくても、家を出る、一緒に住もう！…

《俺はいったい、何をしてるんだ！　なぜ今までアキコを放っておいたんだ！》

想像さえ及ばなかった父親と母親の強い絆。アキコの失踪に手を拱《こまね》いているだけの情けない自分──逃れようのない赤裸々な真実の前に、カズオは愕然と膝を屈していた……

いったいどうしたんだ…血の気が失せる…意識が薄れる…地中に吸い込まれていく…映像…模糊として、判然としない映像…映像が見える……

その時、何かの気配を感じカズオは身体を起こした。目を凝らすと、前方から小さな光の玉がゆっくりと近づいていた。季節外れの蛍でもなく目の錯覚でもなかった。黄金色に輝くその光の玉は、まるで呼吸をしているかのように、収縮を繰り返しながら目の前に迫っていた。突然目の先で、強烈な目も眩む光が放たれた……

カズオは跳ね起き辺りを見回した。山の影が黒々と遠景に浮かび上がり、足元では、周りの明かりを映し出しながら穏やかに川が流れていた。夢を見ていたのかどうかさえ定かではなかった。大きく深呼吸をしたカズオは、再び歩き始めた。その表情には、ある決然とした意志が示されていた。

既に準備は整えられていた。長い時間を掛けた情念の営みが、実際的に機能しようとしていた。

次の日、病院に立ち寄ったその足でO市駅に向かうカズオの姿があった。旅に出ようとしていた。どんな旅になるのかまったく見当はつかなかった。それはカズオにとって初めての、自らが欲し決断した旅だった。心の底から突き上げてくる、強烈な拍動のままに起こした行動だった。

『アキコさんとはほんとにいろんな話をしたのよ。お前のことをもっと知りたいって、なんだか一生懸命だった……』

アキコを取り戻すことが出来る、そんな保証はどこにもなかった。逆に、アキコを追い詰め、取り返しのつかない事態を招くかも知れない…それでもカズオは行かざるを得なかった！　心がそう叫んでいた！

家路につく通勤客の人波もほぼ一段落したO市駅で、カズオは最終の特急に乗り込んだ。座席は六割ほどが埋まり、中には帰省客らしい乗客も見受けられた。最終列車ということもあり、乗車してすぐに眠りにつく者も多く車内は静かだった。暫く、車窓を飛び去る街明かりを眺めていたカズオの耳に、忘れようにも忘れられない声が聞こえてきた……

『久しぶりだな、カズオ……』

今回の旅の同伴者だった。

《ほんとだな、ヒロシさん……》

『お前と旅に出るのは初めてだな』

《そうだな。ヒロシさんとやり残したこと、いっぱいあるよ》

『いっぱい？　そんなにあるか？』

《そうさ、いっぱい！　映画にも行ってない、泳ぎにも行ってない、もちろん旅にも》

『まっ、しょうがないよカズオ。今回はその埋め合わせってやつさ』

《そういうことにしとこうか》

腕組みをしたヒロシが笑った。その眼差しには、成長したカズオへの慈しみが湛えられていた。

『いろいろあったな、お前も…だけど、成長もした。それは間違いないって確信してる。

けど、もっと、もっと見ててやりたかったよ、カズオのこと…！』
《しょうがねえよ、今となっちゃあ》
そう言ってカズオも笑った。その眼差しには、ヒロシへのいたわりが湛えられていた。
『カズオ…』
《いいんだよ、ヒロシさん。自分で言うのもなんだけど、俺、成長したから。それに、今でも見ててくれてるじゃねえか、俺のこと。それで十分だよ、俺……》
列車は湖を右に見ながら北へと進み、もう間近に海が迫っていた。閉ざされた窓からも、春を満載した海の香りが仄かに漂ってくる。カズオにとってそれは、遙か彼方の懐かしい香りだった。
《この香り、いつ、どこで、誰と……》
『無理…すんな、カズオ。時間だよ。もう少し時間が必要ってことさ』
《時間…時間が…？　ただ待ってれば、時間が解決してくれるって言うのか？》
『そうじゃないさ。時間、すなわち成長ってことだよ。現に、こうやって旅に出たじゃないか。時間と共にカズオは変わっていく。成長していってるってことだよ』
《俺って、そんなに見上げた奴なのか？　この俺が……》
『見上げた奴かどうかは別にしても、人間、本質ってみんな持ってるだろ。生きようとする心根、とでも言うか…それがカズオの場合は、常に前を向こうとしてるってことだよ。ただ……』

《ただ？》
『今それが、すべてうまく機能してるかっていうと、そうとは言えない、残念ながら…だけど、本質がそうである限り、時間が必ず導き手になってくれるはずさ！　必ず！』
《時間が導き手…じゃ、アキコのことも、もっと時間が必要ってことなのか……？》
『導き手は判断はしない、決めるのはカズオ自身さ。他に誰もいない、俺も決められない…どんなに不十分な状況であろうと、その中で最善と思われるものを選び出して判断するのは、カズオなんだよ。今、アキコさんを訪ねようとしている——その意志を大事にするんだ、カズオ！』

時間通りに列車は終着駅に滑り込んだ。十一時半をとっくに過ぎていた。人の行き来はほとんどなく、全ての店がシャッターを降ろしていた。カズオは駅員に宿の心当たりはないか訊ねた。親切な駅員は何件か電話を掛けてくれ、ある日本旅館を紹介してくれた。

その旅館は駅から七、八分歩いた裏通りにあった。こじんまりとした小さな旅館だったが、前庭には手入れの行き届いた潅木が並び、廊下は鏡のような飴色に輝いていた。遅い突然の到着にもかかわらず、部屋係の女性は終始にこやかな笑みを絶やさなかった。風呂が沸いていると告げられ、カズオは驚いた。さっそく備え付けのタオル一枚を手に風呂場に向かった。

湯船にどっぷりと浸かったカズオは、身体の芯までが温められ、体内の不純物が吐き出されていくような感触を覚えていた。外から引き込まれた湯の滴りと、時折湯船に落ちてくる露の音以外、なにも聞こえなかった。ふいに、もうもうと立ち込める湯気の向こうから声が聞こえた……

『カズオと旅に出て湯に入ってるとはな』
《ヒロシさん、それはこっちの言う台詞だよ》
『そうか、そうだな。カズオ、気持ちはどうだ？』
《気持ちって？》
『明日、アキコさんに会ってどうするか、整理はついてるのか？』
《いや、ついてない…判らない……》
『そうか…』
《この旅に出ること、誰にも相談しなかった。そんな必要なかった。どうしようもなかった。こうするしかなかったんだ!…俺には》
『それでいいんだよ、カズオ！　心のままに、こうしたいって思う通りに行動するのも大事なことさ』
《俺、妙に恐いんだ。俺に会ってアキコがどう思うかって考えると…その時、どんな言葉を掛けてやりゃいいのか、何にも今、思い浮かばねえんだよ》
『偉そうなことは言えないけど、一つだけ言えるとしたら、相手のことを考えるってどういうことかってことかな』

《相手のことを…考える……?》
『それぞれに人生はある、そういうことさ。じゃカズオ、また明日な』
《……》

部屋に戻ると、夜食にでも、といって二切れの鱒ずしと椀に入ったそばが運ばれてきた。カズオはそれを残らず腹に納めた。その日初めて口にした、食事らしい食事だった。

床についても全く眠気を催さなかった――相手のことを考える…相手のこと…アキコのこと…アキコの人生のこと…

その論理の領域は、カズオにとって、それまでの生き方そのものを問い質す、帰納的な反証材料を提供する場ともなった。ようやく眠りに落ちたのは、空が白み始めた夜明け前だった。

小一時間程眠った後、そそくさと朝食をかき込み、帳場で主人に礼を言い、カズオは駅前のバスターミナルへと向かった。

昨日は無頓着だった北国の街に、まだ春の名残りがそこかしこに留められていることを、改めてカズオは目に収めていた。乗り込んだ始発の直行バスは田園地帯を山間部に向け疾走し、約一時間余りで目的地に到着した。

旅立つ前に時刻表とガイドブックで下調べをしたその地は、想い描いていた通りの佇まいを見せていた。和紙の里――バスの発着場の周りには土産物店が軒を連ね、そこを一歩踏み出せば、かなり広い地道の両側に合掌造りの家々が点在している。

恐らく一世紀以上の時を経た、それらかやぶきの民家には今でも人が住み、悠久の時と共に重ねられてきた生活が、現代の時をゆっくりと刻み続けているように思える。遠く目をやると、七、八百メートル程の山々が取り囲み、けっして壮大な造りではない家々と絶妙な調和を保っているようにも感じられる。案内所で確認をした後、整備された地道をゆっくりとカズオは歩き始めた。

民家の庭先に植えられた桜が満開の花を咲かせ、澄み渡った空を鳥が飛び交い、心地良い風には青々とした香りが含まれている…夏には、じりじりと照り付ける太陽と蟬しぐれ…全山を燃え立たせる紅葉の秋…そして、すべてが雪に覆い尽くされる冬…その里が織り成す四季をカズオは心に描いていた……

『秋と冬を先取りし、春と夏にその責めを負う……』

《ヒロシ…まるで詩人だな》

『カズオとこういうとこ歩いてんだ。詩人にもなるさ』

《もうすぐだよ、ヒロシ…》

『そうだな…もう、すぐだな…』

程なく、川が視界に捕らえられてきた。

雪解け水を集めたその流れは、春を迎えた里の歓びを高らかに謳いあげる清新な躍動感に溢れていた。山から切り出したのだろう、黒と灰色のまだらの石が川の両側面を覆い、同じ模様の石段が両岸の所々から流れのすぐ間近まで降りている。降りたところには、石で囲まれた水槽のような溜りがあり、川の水が引き込まれ、和紙の材料となる楮《こうぞ》の皮が浸けられている。

川の両岸には、細い地道を挟んで木造の家屋が建ち並び、家と川とを行き来する人の姿が見受けられる。数百年に亘り綿々と和紙づくりにいそしんできた人々の暮らす里――まさにカズオは、その地に足を踏み入れていた。

橋の欄干に寄りかかったカズオは、先の下流で作業に専念する一人の人物に目を注いでいた。ビニールの白いつなぎに身を包み、この季節にはまだ早い麦藁帽子を被り、こちらに背を向け楮の皮を流れに晒している。

川はそれほど深くはなく流れも緩やかではあったが、その作業にはかなりの力を必要とするように思えた。体の動きに、どことなくぎこちなさが感じられた。ふいにすぐ側の家から出てきた、黒いビニールのつなぎの人物が声を掛け、石段を降りて川に入り作業を替わった。

頭をペコンと下げた白いつなぎの人物は、ゆっくりと川から上がり、こちら向きに石段を中段まで上って足を止め、麦藁帽子を脱ぎ、上流から吹き降ろす風に長い髪をなびかせながら、つなぎの内から取り出したハンカチで額の汗を拭った。アキコ――だった。

《アキコ……》

目を閉じてしばらく風を受けていたアキコは、麦藁を手に持ち前方に視線を据えたまま石段を上り、家の中へと姿を消した。
短い時間だった。その時間が、全てをカズオに語り掛けていた。風を受けている時の、内面から浮き出したようなつややかで清々しい表情―この里の恵みに感謝を捧げているかのような荘厳な表情―悩み、苦しみ、迷い、傷つき、決心した末の表情―アキコの人生が、アキコの夢が、これからを生きようとする一人の人間の姿が、紛れもなくそこにあった。カズオがそれを理解するには十分な時間だった。
春の陽に川面をきらめかせる、絶えることのない流れを見つめるカズオの眼に、もう迷いは見られなかった……
『行ってやらないのか、カズオ』
《ああ、行かない》
『どうして？　せっかくアキコさんに出会えたんじゃないか』
《だから、行かない。アキコはここで生きている、それを尊重してやるのが最善だって、それが俺の務めだって判った。ヒロシ言っただろ、それぞれに人生はあるって。アキコも俺も、もうそれぞれの人生なんだよ！　もう始まってんだよ！　後戻りはできねえんだよ！　しちゃいけねえんだよ》
『それで、いいんだな』
《ああ、これでいいんだ。これで…！》
『そうか…その言葉聞けただけで一緒に来た甲斐があったよ！　カズオ、お前はもう大丈夫だ！』
《ヒロシ……》
『じゃ、カズオ、ここでお別れだな。気を付けて、帰るんだぞ』
一瞬、上流に向け風が逆流した。秩序だった清らかな里の春の、ほんのささやかな異変だった。

その日の夕方遅くO市駅に降り立ったカズオは、面会時間終了間際に病院に入った。診療を終えた待合室は、非常灯と薄明かりの中でひっそりと静まり返っていた。何気なく柱を取り囲むソファに腰を下ろし、暫く静寂の中に身を置いたカズオは、この数日が何かにすっぽりと覆い尽くされたかのような、奇妙な空虚感に襲われていた。
《どうして?……夢を見ていたわけじゃない……》
カズオは両肩を二、三度上下させぐるっと首を回し、大きく息を吸い込み、吐き出した。何も変わらない…何も起こらない…軽い溜息を吐き、おもむろに胸ポケットから取り出した煙草に火を点けた。その小さな火が発火点になったかのように、いきなりこの三日間の一部始終が、コマを逆送りするように鮮明に甦ってきた。
短い旅の様々な場面、アキコの表情、アキコに対する想いの決断、母親の入院、叔母達の話の一言一句、その更なる真意―誰も分かつことの出来ない強い想いで結ばれていた親父とお袋、世間に背を向けてまで必死に俺を育ててくれた親父とお袋、俺を慈しんでくれた親父とお袋…

既に制御は崩れつつあった。それぞれの想い、場面は時間と空間を無視し、交錯しぶつかり合い、離れては接近をくり返し始めていた。

まるで原子のように飛び交う想いの数々を放置したまま、カズオは煙草を揉み消し立ち上がった。

病室の蛍光燈も半分に落とされていた。カズオが足を踏み入れると、それを予見していたかのように、母親のベッドを取り巻くカーテンがゆっくりと開いた。

「今日は遅いんだね……、疲れてるみたいだけど……」

ベッドの端に腰を下ろし、母親はカズオを見上げた。

「ああ、ちょっと用があって」

「そう、あんまり無理しちゃだめだよ」

「そうだな……調子は？」

「大丈夫。まだ歩きまわるのはちょっとね……」

ベッドの下には簡易トイレが置かれていた。母親は手を伸ばし枕元のタオルを取った。

「カズオ、疲れてるとこ悪いけど、洗面所でこれを濡らしてきてほしいんだけど…今日は暑くて汗が出てね」

洗面所の湯で濡らしたタオルを持ってカズオが戻ってみると、母親はまだベッドに腰掛けたままだった。すまないね…そう言って、カズオが差し出したタオルを受け取った母親はベッドに上がり、カーテンを閉めて身体を拭き始めた。暫く内側で動く影を見つめていたカズオは、いつにない言葉を発した。

「背中、拭こうか……」

影の動きが止まり、ほんの僅かな間があり、カーテンが開いた。

「じゃあ、お願いしようかな」

カズオは、渡されたタオルをパジャマの襟首から入れて母親の背中を拭いた。痩せた、細い、小さな背中だった。

拭き終わったカズオは、横になった母親に布団を掛けてやった。左手に持ったタオルは、力の限りに握り締められていた。

「お蔭様ですっきりしたよ。これで眠れそうだよ」

向けられた母親の笑顔に、カズオもぎこちない笑顔で応じた。ありがと…目を閉じたまま母親はそう言った。

洗面所でタオルをすすぐカズオの脳裏を、再び想いの数々が飛び交っていた。いつしか水道の水音が川の流れを呼び込み、風を受けたアキコの表情が浮かんでは消えた。その時アキコの手紙の断片が、時機を得たかのように突然カズオに語りかけてきた。

お母さんの姿は醜く歪められていました…アキコはその苦しみを解消してあげることができませんでした…Kも過去に苦しんでいました…今までの俺は何だったんだ！》

《なんとかならないのか…俺は、なんて奴なんだ！　今の俺は何なんだ！

意外にもタオルをすぐ手元が滲み始めたことにも構うことなく、カズオは、覆《くつがえ》されつつある自身と必死に向き合っていた。

絞ったタオルを持ってカズオは病室に戻った。母親は眠りに就き始めていた。ワゴンのふきん掛けにタオルを干し終わったカズオは、しばし母親の寝顔と向き合った。規則正しい寝息が、眠りの穏やかさを物語っていた。

《この寝顔、まるでアキコだ》

感謝、安寧、希望、そして、祈り…姉さん辛いでしょうね、カズオ君があんな風になって……その寝顔からは、辛さなど微塵も感じられなかった。静かにカーテンを引き、カズオはそっと病室を後にした。

アパートに帰り着いたカズオは、暫く暗闇に佇んだ後、蛍光燈を点けた。一瞬、光が目を射した。部屋は母親が入院した時の状態そのままだった。

着物、帯、長襦袢、伊達締め、帯締め、そして白い足袋といった母親の店着一式がきちんと畳んで隅に置かれ、その上には、浴衣が衣紋掛けに吊るされていた。白地に、涼し気な草花が落着いた色調で描かれている。入院する直前に、それを小さなたらいに浸けて洗っていた母親の背中が思い起こされた。毎年六月から店では浴衣を着ることになっていた。いわば母親の衣更えだった。

浴衣にじっと目を注いでいたカズオは視線を落とし、畳まれた一式の店着に目を留めた。押し入れにしまっといてやろう—それを持ち上げ、押し入れを開け、上段の一番上に置いた時、白いカードのようなものが舞い落ちた。手に取ってみると、それは古い写真だった。若い時の母親と、その背中に負われ、愛くるしい笑顔をカメラに向けている幼子が写っていた…姉さん言ってた、カズオが居てくれたからやってこれたって…これが俺なのか、お袋と一緒に店に出ていた…お袋と一緒に…そのままカズオは長々と畳に身体を投げ出し、目を閉じた。その胸には、古い写真がしっかりと両手に握られていた。

闇と混沌が、意志と秩序に生まれ変わろうとしていた。過去と現在から同時に放たれた無数の光が飛び交い、深淵は閉じ、防壁は崩落し、光に圧倒された闇は雲散霧消していた。

模糊として判然としない、おぼろげな映像—それが、失われていた遙かな情景の数々であることを、今、カズオは鮮明に捉えていた……

「ほらカズオ、しっかり踏んで」

廊下に置かれたビニールの風呂敷に、丁寧に畳んで包まれている浴衣を、母親に手を繫がれたカズオの小さな足が一生懸命踏んでいた。足の裏からひんやりとしたビニールの感触が伝わってくる。それは小料理屋を切り盛りしていた母親の店着だった。踏んだあと干されて乾けば出来上がり、出来上がればそれを着て母親は店に出る…幼いカズオの胸に一抹の寂しさが込み上げた。顔を上げると、開け放たれた裏座敷の窓の向こうを真っ赤な夕焼けが染めていた……

玄関先に置かれた縁台に腰掛けた父親に、肩車をされたカズオが夜空を見上げていた。

「死んだ人はみんな星になるんだぞ」

まだカズオには死の意味合いが判っていなかった。

「じゃあ、おばあちゃんもあそこに居るの」

「そうだよ。きれいだろ」

その時、流れ星がひとつ流れた。流れ星、とカズオは叫んだ。

「カズオ、何かお願いしたか」

「どうして？」

「流れ星にお願い事をすると聞いてもらえるんだぞ」

「お父ちゃんはお願いした？」

「ああ。カズオが元気で大きくなりますようにってな」

「―じゃあ、今度はぼくがお願いする」

カズオは夜空を見上げたまま、次の流れ星をじっと待っていた……

裏庭で洗濯をしている母親の傍で、カズオはたらいに手をつけて遊んでいた。陽光がキラキラと反射し、側の木の壁には光の帯が揺れていた。

「カズオ、ここを口で吹いてごらん」

母親が石鹼入れの蓋をタオルでくるんで渡してくれた。口をつけると石鹼の味がした。何度目かに小さなシャボン玉ができ、そのまた何度目かにようやく大きなシャボン玉ができ、虹色に輝きながらゆっくりと空に舞い上がっていった。カズオと母親は手を繫ぎ、それが消えるまで目で追った。夏の陽ざしと真っ青な空が、小さな裏庭に溢れていた……

その日、カズオは眠らなかった。夜明け直前、目を閉じあぐらを構いて座ったカズオは、台所の窓を包む白々とした仄かな光が、まるで体内に吸い込まれるかのような、不思議な感覚に捕らわれていた。

内奥の情念―その姿を見ることはもうなかった。いつ、何の為に、どのようにして出現を果たしたのか、その問いに答える術は残されていない。ただ、現在と過去とが結び付けられた瞬間、鮮やかな光の源に、じっと視線を注ぐ眼をはっきりとカズオは見届けていた。それが何らかの暗示であると、言えなくもなかった……
退院の日、同室の人々に挨拶をする母親を、カズオは病室の入口で待っていた。挨拶を終え、エレベータに向かう廊下の途中、急に母親がよろめいた。二週間余りとはいえ、老いた筋肉に緩みが生じていた。カズオは前に回ってしゃがみ込んだ。いつのまにか逞しく成長したその背中をしげしげと見やり、母親は身体を預けた。

カズオはエレベータには乗らず、ゆっくりと、踏みしめるように階段を降りて行き、そのまま正面玄関に向かった。艶やかな青葉と、澄み渡った空と、降り注ぐ陽光がカズオ母子を迎えた。

○○○ 13 ○○○

カズオ達の就職活動は思うような結果を得られていなかった。ダイスケとマサキは、夏休みに受けた教員採用試験の一次を突破することができず、商社を希望するケンジにまだ内定は出ていなかった。カズオはようやく九月から企業訪問を始めていた。その対象は数社で、中小の企業がほとんどだった。塾にも足を運んだ。その中に、世界的に名を知られた組織の日本支部の一つが候補に入っていた。送付されて来る膨大な情報誌の束から、カズオが選び出した第一希望だった。

そんな動きの中で、ケンジ、ダイスケ、マサキは、夏休み以前からの、カズオの目を見張る変化に驚きを隠せなかった。夏が過ぎ秋を迎えようとする今になっても、三人の話題はそのことに集中した。それが何時もたらされたのか——おおよその見当はついていた。しかし、どのように…それについては誰も想像さえ及ばず、謎に包まれたままだった。その変化の最たるものは、眼の輝きにあった。常に何かを捉えようと見据えられ、時には全てを拒絶してしまう空虚な眼差しは、もうどこにも見ることはなかった。

何はともあれカズオは乗り越えた―という事実が三人の内で確認され、極力自然に振舞うこと―という合意により、敢えて問い掛けはされなかった。

十一月初旬になり、まず内定を手にしたのは最も取り組みの遅かったカズオだった。第一希望の採用内定通知が届いた次の日、カズオが起き出してみると、部屋中に食欲をそそる匂いがたち込めていた。もうすぐできるから―そう母親は声を掛けた。暫くして、ショルダーバッグを横に置き、カズオはちゃぶ台の前に座った。目の前の仏壇には内定通知が供えられ、灯明が上げられていた。はい、お待ちどうさま…汁の入った鍋を置き、母親も座った。

母親は、伏せられた椀を取り上げて汁を入れ、茶碗に飯を盛ってカズオの前に置いた。汁は筍とワカメのすましで、飯は栗ご飯だった。季節外れの筍の白色とワカメの深緑色が、透き通ったつゆの中にいっそう引き立てられていた。

茶碗には、白い飯粒の間に、ややくすんだ栗の黄色が見え隠れしている。おめでとう…母親の言葉にちょこんと頷きを返し、カズオは食べ始めた。遅い朝食だった。黙々と箸を進めるカズオは、ふと視線を感じて顔を上げた。母親の目が笑っていた。

《目尻の皺、増えたなあ……》

ほんの一瞬、はにかんだような笑顔でカズオは応えた。秋たけなわの、ささやかなカズオ母子の祝宴だった。

年が終わる頃にはケンジも内定を手にし、ダイスケとマサキは、再度採用試験に挑戦する意志を固めていた。

大学生として迎えた最後の新年、それはまさに新しい年の始まりでもあった。カズオが職場として選んだ組織は、青少年の健全な成長と育成を願って設立されたものだった。俺がそんなところで、何ができるんだろう…当然のこととはいえ、カズオの心中には不安が抱かれていた。

一方で、人との関わりがいかに大切で、いかに思い通りにいかないものであるかは、カズオの身体に染み渡っていた。カズオ君、やってみるしかないわよ、みんなそうなのよ―卒論を提出し一息ついたカズオが、シマから言われた言葉だった。みんなそうなのか…新たな世界に足を踏み出そうとする者すべてが抱く不安、そして期待。その時カズオは、誰もが抱く心の揺れを、まさに今、自分も持ち合わせていることに気づいた―これでいいんだ、これで…みんなそうなんだ…

カズオが卒論として選んだ作品は、W・S・モームの『月と6ペンス』だった。平凡な株屋から、芸術に魅せられた心のままに、それを追い求めていく主人公の変遷が描かれたこの作品に出会った時、人間がいかに不可解であり、また、主人公ストリックランドが誰の内にあってもおかしくはない、と思うと同時に、その生き方に疑問符をつける自分がいることを発見し、ある意味で皮肉とも言える巡り合わせを感じないではいられなかった。

卒業式まであと数日を残すのみとなったある日、〈ネストクラブ〉では最後の集まりがもたれていた。四人の話題は卒業後に集中していた。ケンジは企業人としてのあり方、心構えを説くことに熱中し、ダイスケとマサキは代用教員の道を選んだ心境を話し、採用試験突破の決意を述べた。カズオはさして話題に加わることもなく、三人の話に耳を傾けていた。そんなカズオにケンジが声を掛けた。

「カズオ、どうしたんだよ。あんまり喋んねえな」

「どうもしねえけど、お前等の話が一段落すんの待ってんだよ」

俺には、話さなければならないことがある――その言葉のイントネーションを読み取った三人の視線が、カズオに集まった。

「改まって何だって思うだろうけど――」

そんな切り出しで始められた話は、いわばカズオの総括でもあった。四年近くに亘る付き合いが自分にとってどんな意味を持っていたか、その付き合いがなければどうなっていたのか、といった話に、ヒロシ、アキコとの関係を絡め、そして出生と生い立ちについての事実を伝えた。自分を曝け出すこと――それが三人に対する謝意と感謝と誠意の表明だった。

話し終えたカズオの表情には、何の気負いも感じられなかった。深刻な表情で話に耳を傾けていた三人は、暫く黙りこくったまま誰も言葉を発しなかった。お互いを探り合うような沈黙が続いた後、突然ダイスケが立ち上がったかと思うと、カズオに向けてエールを絶叫し始めた。

「フレー、フレー、カズオ！」

続いてケンジ、マサキに向けて送り、最後に返礼として、カズオがダイスケに向け絶叫した。その日、学生生活に別れを告げる酒宴が夜明けまで続いた。

卒業式当日、四人は控室で待ち合わせ、式場である体育館に向かった。学費値上げ反対闘争の拠点となった体育館は、華やかな装いで卒業生を迎えた。式次第に則《のっと》り、整然と進められた卒業式は約一時間後に終了した。体育館を後にした四人は、申し合わせていたかのように法文通りを上って石段のてっぺんに腰を据え、それぞれの思いを胸に、キャンパスの佇まいを目に収めていた。

『昨日は偶然だったな』…カズオは、同じ場所で、初めてケンジに声を掛けられた時のことを思い返しながら桜並木を眺めていた。突然、まだ固い蕾が一斉に花開き、満開の花びらが風に舞う情景が目の前に展開し、ふりそそぐ花びらに見え隠れしながら、軽やかな足取りで坂道を上ってくるアキコの姿がその眼に映し出されていた…

また会おう！──その思いを確認し、立ち上がった四人は無言で握手を交わした後、ゆっくりと坂道を下って行った。坂を下りきった所で、カズオは立ち止まり振り返った。うす雲を背景に白亜の学舎が孤高の聖域のように聳え立ち、緩やかな右カーブの坂道が、否応なくその世界への連なりを示していた。その空間に向かい合い、カズオは小さく手を挙げ、別れを告げた…


卒業式の日は、必ず来るのよ。いいわね…約束通り、カズオはレインボーを訪れた。初めて見るスーツ姿のカズオを、シマは満面の笑みで迎えた。卒業を祝って杯を挙げ、就職の話などで座は盛り上がった。シマの饒舌に、それまで屈託のない笑顔で応じていたカズオの表情が張り付いた。シマの眼が、泣いていた。カズオは、込み上げるものを覚えながら、シマの眼にじっと目を凝らした。尻ポケットのハンカチで涙を拭い取り、再びシマは喋り始めた。

「カズオ君、ほんとに良かったわねぇ……ほんと、何て言っていいかわからない」

「マスター、どうしたんだよ」

立場が逆転したかのような笑みを浮かべ、カズオは声を掛けた。

「人ってみんな、なんかかんかの荷物を背負ってるじゃない。みんなよ！　まっ、あたし達のは、人よりちょっと重いけどね――」

シマの独演会の始まりだった。

「でもね、今時の奴等ときたら、それをみんな他人のせいにしたり恨んだりで、とんでもないことやらかすじゃない。ほんと、とんでもない話よ！　人はみんな苦しいのよ、人はみんなしんどいのよ！　はい、幸せです、悩みなんてありませんって人が居たら、お目にかかりたいわよ。そんなのは、世界遺産にでも何でも登録してもらえってのよー」

やっとシマらしくなってきた。

「でも、あたしの見込んだカズオ君は違うわよ！　苦労はしたけど、ほんと、良く頑張ったわよ。今日だけは褒めてあげる」

「ひでえなマスター、今日だけってのは」

「あっ、ほんとだ……アハハハハ……」

シマが挙げたグラスにカズオも合わせ、独演会は終了となった。

カズオのグラスにビールを注ぎながら、しみじみ呟くようにシマが言い添えた。

「ヒロシ君もきっと喜んでるわよ。カズオ、よくやったぞって…」

自分の言葉に弾かれたかのように、ビール瓶をどんとカウンターに置いたシマは、両手を打ち合わせた。瓶の口から泡がこぼれ出てきた。

「いっけない、忘れるとこだった。うっかりもここまできたら大したもんよね」

そんなことを呟きながら、シマは、カウンターの下から自分のバッグを引っ張り出し、中から正立方体の包みを取り出した。

「大事なものよ。ヒロシ君から」

シマの掌にのった包みを、カズオは凝視していた。

《こんな場面、前にどこかで……》

まだ包みを取ろうとしないカズオに、シマは納得の笑みを洩らした。

「そうよね、いきなりだもんね。実はねこれ、カズオ君との一周年記念にヒロシ君が用意してた贈物なの。ほら、その何日か前に来たって話したじゃない。その時に預かっといてって言ったの、ヒロシ君。中味はって聞いたら、へっへーって笑うだけで、とうとう教えてくれなかった。それに、あんなことになっちゃったから……」

シマは小さく溜息を吐いた。

「どうしようかって、随分考えたのよ。それで、じゃあ、カズオ君が卒業するまであたしが預かっとこうって…カズオ君を見守ってもらおうって、勝手に決めたの…」

シマは包みをそっとカズオの前に置いた。

「ごめんね、勝手に決めちゃって」

カズオは包みを手に取った。ずしりとした重みがあった。ゆっくりとカズオは包みを解いていった。中から現れたのは、正四角錘の透明な結晶体だった。ライトにかざすと、キラキラと虹色の光に輝いた。底には、H　to　Kの文字が小さく彫り込まれていた。

「何かしら、ペーパーウエイト?」

カズオは、じっと結晶体を見つめながら呟いた…プリズム、俺のプリズム…『カズオは乱反射してるぞ』…ヒロシ、俺、もうそうじゃないだろう。ヒロシのおかげだよ……

「カズオ君…」

カズオは結晶体から、シマに焦点を移し替えた。

「カズオ君ったら、あたしを置いてけぼりにして、二人だけの世界に入り込んで…何喋ってたの、ヒロシ君と…なんて野暮なことは聞かないでおこうかな。今日はおめでたい日だしね。勘弁してあげる」

「誠に、有難うございます」

二人は顔を合わせて笑った。

新たにビールを抜き、カズオと自分のグラスを満たしたシマは、急に改まった調子で話し始めた。

「思い切って聞くけど、アキコさんからその後連絡は」

カズオは、シマの目を見ながら首を横に振った。

「そう……アキコさんも、そしてヒロシ君もカズオ君を通り過ぎただけって感じだけど、でも、ほんとは違うのよね。二人が居たから、今のカズオ君がある。カズオ君は、アキコさんとヒロシ君に巡り合ったことで、自分の中の何かが色づいた、そうは思わない？」

「マスター、どうしてそんな話を…」

「さっき、カズオ君がプリズムって言ってたでしょ。それでなんとなく…ね」

カズオには、シマの言おうとしていることが判らなかった。シマは咳払いをして先を続けた。

「プリズムって、そこに入った光が七色に色づいて見えるってあれでしょ。てことは、白色にしか見えない光はプリズムで色づくってことじゃない。でも、プリズムがきちんとしてなければそうはならない。それって、人間にも当てはまるんじゃないのかなって思ったの」

大胆な理論だった。しかし、的は外れていない…

「人って必ず、誰かと巡り合って関係作りをして別れていく、その繰り返しよね。その間に、その人の持ってるものが色づいたり色褪せてしまったり…そこでプリズムってことになるんだけど、人をプリズムに例えちゃえばどうなんだろうって思ったの。正確なプリズム、豊かなプリズム、強いプリズム、弱いプリズム、歪んだプリズム、相性のいいプリズム、そうじゃないプリズム…って考えると、なんだかぴったりでしょ！　でもそれは、出来上がってるんじゃなくていつも変わるの。強くなったり弱くなったり、きちんとなったり歪んだり…意識するしないに拘わらず、お互いを刺激し合ってるのよね、人間って。逆に考えれば、そうじゃなきゃ生きられないのかもしれないし…その時の関係もいろいろよね。夫婦、親子、きょうだい、恋人、友達、赤の他人…でも、関係があろうとなかろうと、人が生きていくってことは、その人、その人ってことでしょう」

シマはビールを喉に流し込み、態勢を立て直した。

「でも忘れちゃならないのは、人はプリズムであって光そのものでもあるっていうことね。そしていつも、その光を発信してるってこと」

ヒロシが喋ってる…シマは、彼方に視線を注ぐカズオの表情に気づいた。

「ごめんね。またくどくど喋っちゃって」

カズオは二、三度目を瞬いた。

「いや違うんだ。そんなんじゃないよ。ねえマスター、その光なんだけど、どんな光？　その正体は何？」

「あら、突っ込むのね。難しい質問よねえ…そうねえ、強いて言えばタ・マ・シ・イってことかしら……」

《タ・マ・シ・イ……ヒロシのタ・マ・シ・イ、アキコのタ・マ・シ・イ、そして……》

じっとカズオの様子を窺っていたシマが、素っ頓狂な声をあげた。

「あーあ、なんだか深刻になっちゃったわね。カズオ君、人間って、辛かったり苦しかったりもあれば、楽しかったり嬉しかったりもありで、ほんといろいろあって面白いもんよね…てなことで、演説会はお開き、お開きっと。もう一本ビール飲む？」

自然な笑みがカズオからこぼれた。

「いいよマスター、もう十分ご馳走になったし。そろそろ……」

その時初めて、客が誰も入って来なかったことに気づいたカズオは、思案げにドアを見やった。その動きを目に止めたシマは、まるでデパートの案内係のようにアナウンスした。

「本日、レインボーは定休日でございまーす」

カズオは驚いてシマに向き直った。

「じゃあ、俺のために…」

「もちろん！」

シマは微笑んだ。大きく、優しく、そして強く…

そんなシマとずっと話がしたかった…ずっとシマの話に耳を傾けていたかった…後片付けの手伝いを丁重に断られたカズオは、結晶体を丁寧に箱にしまい、シマに別れを告げ、レインボーを後にした。


卒業後、カズオ達四人は毎年夏と新年に再会した。待ち合わせ場所は決まって、四人が初めて出会った喫茶店だった。回を重ねるにつれ、学生時代とは様子も話題も徐々に変わっていき、年を追う毎にお互いの変化を取沙汰するようになり、中でも結婚が、現実味を帯びた話題として取り上げられるようになった。

そして三年後の秋、まずケンジが挙式し、披露宴の司会進行を依頼されたカズオは快く引き受けた。席上、新郎新婦から最も遠い位置にある司会者席で、晴れやかなケンジの表情から、新たな出発に臨む気概をカズオは肌で感じ取っていた。それが刺激となったのか、翌年にはダイスケが、そして五年後の春にマサキが相次いで式を挙げた。二人は地元で代用教員として勤めるかたわら、三度目の挑戦で同時に採用試験に合格し、地元の中学で教職に就いていた。

ダイスケの結婚式ではお互いの都合がつかず、カズオとケンジは行き帰り別々の行動をとったが、マサキの時にはうまく調整がつき、二人は共に新幹線で帰路に就いた。披露宴の余韻をそのまま持ち込み、二人は乗車するなり缶ビールを開けて飲み始めた。

仕事柄、ケンジは頓《とみ》に酒の腕前を上げていた。トレードマークでもあった、黒縁の眼鏡が銀縁に変わり、ふっくらとした頬の面影は消え、顎の線は熾烈な職場を物語るかのように鋭角的に削ぎ落とされていた。ただ、人に安心感を与える全体の風貌は、カズオが初めて出会った時そのままに保たれていた。

暫く四方山話をした後、話は大学時代に戻っていった。共通の素地を持つ、その時代のことがどうしても話題になる。蒸し返すようだが…という切り出しで、ケンジはカナエの話を始めた。と言うより、カナエのことを初めてカズオに忠告した時のことについて語り始めた。

「あの時、妙にお前のことが気になって——」

気になった理由として、ケンジは意外な単語を使った。

「お前と俺、ひょっとして同類かなって思って、そう直感したから……」

カズオは同類の意味を訊ねた。ケンジはひと言、自分に無理を強いていると言った。お前に何の無理があるんだよ—そう畳み掛けるカズオに、ケンジは、それまで誰も聞いたことのなかった生い立ちについて語り始めた—

ケンジが五才の時に、設計技師だった父親は、進捗状況を検分に行った工事現場の足場から転落して死んだ。そしてその五年後に、母親は再婚した。その家には、ケンジにとって兄と妹となる二人の子供が居た。義父は税務署に勤める公務員で、上昇志向の強い人間だった。新生活の始まった直後から、ケンジと兄は、誰の目にも、ほとんど行動を共にする仲の良い兄弟に映った。しかしそれは、ケンジの隠れた努力がそう見せていただけのことだった。

お山の大将で、どちらかと言えば好戦的な性格の兄は、新参者のケンジにまず服従することを要求した。ケンジは、子供心に、新しい家族の中で生きていく為には、まず何をおいても兄とうまく付き合うことが肝要と考え、兄に合わせる術を身につけていった。兄の発する言葉は、全て命令口調で押し付けがましく、常にケンジを配下に置かなければ気が済まなかった。そんな兄に、ケンジは不平ひとつこぼさず従った。それはケンジに屈辱を強いた。

一方で、父親はケンジにとってまた別の対応を必要とする存在だった。勉強嫌いの兄は父親の覚えが悪く、ケンジに対する服従の要求はその反動とも言えた。ケンジに対すること細かな父親の指示には、兄に要求し得ない歯がゆさが隠されていた。

そんな父親に対し、ケンジは良い成績を収めることで気に入られようとした。その策は功を奏し、次第に父親の期待は兄からケンジに移っていった。それを妬んでもいるかのように、兄の振る舞いは目に余るものになっていき、日常化していった。父親と兄との板挟みとなって、次第にケンジの口数は減っていき、表情も乏しくなっていった。母親は手を拱《こまね》いて見守るだけだった。

そんなケンジを救ったのが、二歳年下の妹だった。進学校と言われる公立高校に入学したものの、家を出ようとさえ考えながら自室にこもっていたある日、物音に振り向いたケンジと、教科書とノートを手にドアの傍に佇む妹の目が合った。

「どうしても解けない問題があって…」

初めてそんな申し出をしてきた妹に戸惑いながらも、ケンジは懸命に説明し解き方を教えてやった。納得して、教科書とノートを手にドアロまで行った妹が立ち止まり、振り向いて言った。

「あたし、ケンジ兄ちゃんと一緒の高校に入ろうって、そう思ってるの…あたしも頑張るから、ケンジ兄ちゃんも、あのう…頑張ってね！」

それ以後、状況にほとんど変化は見られなかったものの、妹の存在がケンジを孤独から救い、支えにもなった。

工業高校に進学した兄は、卒業後電気技師としてあるメーカーに勤めるようになり、ケンジは一浪の後、大学に入学した。ケンジの進学に合わせるかのように、兄はエアコン設置の下請け業者として独立し、家を出た。独立後間もない兄の手伝いもあって、大学時代も兄からは離れられず、現在も、父親と兄との対応に腐心する毎日だった—

話し終えたケンジは、初めて出会ったカズオの内に、自分の姿が二重写しに重なって見えたと言った。

「だからお前のことが放っておけなかった。まっ、そういうことなんだ」

さらに卒業前に、カズオが気持ちを吐き出したのを聞き、一歩先んじられたと思った、と言ってケンジは笑った。相槌を打ちながら話を聞いていたカズオは、一見、日常の持つ酷薄さとは無縁に思えるケンジの知られざる一面に触れ、自分のことは二の次に、友に手を差し伸べようとしたケンジという人間に圧倒される思いを感じていた。

ふいにヒロシの言葉が、カズオの記憶の扉を押し開けていた―『見られているかいないか、それを認識しているかいないか』―さらにシマの言葉が重なった―『人間って、ほんといろいろあっておもしろいわね』……

もがき苦しみながら、それでも立ち上がろうとして、さらに深みに落ちて行く―それでも人間は生きようとする―どんな壮絶な状況にあろうと、人間は生きることをやめない―生きている限り、自らの発信は止むことがない―必ず、どこかで誰かが、どんなに微少な光であろうとそれを感じ取っている―必ず、どこかで誰かが…必然と偶然の交錯が、思いがけない道を指し示す―生きること、生きていること―その絶対を捨ててはいけない―人間は生きていっていい…

カズオの眼に現れた強い輝きが何を意味しているのか、何を伝えようとしているのか。カズオの歩く道筋に、一歩先回りしてみたい…そんなこみ上げる衝動がケンジにはあった。

「カズオ、あの人とは今どうなってんだ」

話を切り替える必要を感じたケンジが、そう問い掛けた。

「別に…何にも変わってねえよ」

何にも…アキコが最後に電話を掛けてきたのは、カズオの就職が決まった直後だった。受けたのは母親だった。それっきり、連絡は途絶えていた。それから五年と半年近く—いや、それ以上—アキコはカズオの心に仕舞い込まれたままだった。列車とバスを乗り継げば、五時間足らずで行くことの出来る距離…

今、アキコは、和紙細工師として多忙な日々を送っているはずだった。それがアキコの希望だった、夢だった、それが、アキコの人生だった…

「行ってやらねえのか？」

アキコを訪ねたことは、ケンジを始め友人達には話していなかった。唯一、カズオに残された空白部分でもあった。それを埋め切ること—何年かかろうが、必ずやりきる決意をカズオは新たにしていた。

「ああ、今は…今はまだ無理だな……」

「そうか、それじゃあしょうがねえけど、みんな心配してるぞ……」

そこで会話は途切れた。

話が途切れたのを機に、ケンジがビールを買ってくると席を立った。カズオはコーヒーを頼み、窓外を飛び去るまばらな明かりを眺めながら、ケンジが戻って来るのを待った。

缶ビールとコーヒーを持ってケンジが戻ってみると、カズオは安らかな寝息を立てて眠っていた。ケンジは自分のテーブルにビールとコーヒーを置き、カズオの穏やかな寝顔にしばし見入っていた。思い直したように軽い溜息を吐き、缶を開け一口ビールを飲んだケンジは、コーヒーが冷めないうちにと、カズオを起こし始めた。

「カズオ、コーヒー冷めるぞ…カズオ…」

エピローグ

「…カズオ…カズオ！」

カズオはゆっくりと目を開けた。すぐ傍で母親の顔が覗き込んでいた。カズオは起き上がり、両手で顔をしごいた。カーテンを通して窓に射し込む朝陽が眩しく、カズオは目を瞬いた。見上げた掛け時計は七時過ぎを指していた。

「そんなところで寝たら疲れがとれないだろうに」

そう言って母親は食卓に座り、日本茶を飲みながらバターパンを食べ始めた。叔母さん達が来るから、今日は忙しいよ—そんなことを喋りながら、パンにジャムを塗っている。母親の一日はすでに始まっていた。つい半年前まで、仕事を辞めるようにというカズオの勧めにも耳を貸さず、肺気腫が体を蝕み呼吸困難を起こして倒れるまで、母親は勤めに出ていた。退院したのは二ヵ月前のことだった。

あまりに鮮やかな夢を見たことで、眠っていたという確信をカズオは俄かに持つことができなかった。起き出して、洗面所で顔を洗い歯を磨いた。顔を拭いていると母親の呼び声が聞こえ、カズオはタオルを持ったままリビングに戻った。

「ほらこれ、奇麗だろ」

母親は、窓の側に置いてある小物入れから二束の折鶴を取り出し、両手に下げて見せた。それは、金と銀の折り紙だけで折られたものだった。ひと月程前から、カズオが勤めに出ている時間を利用して折鶴を折り始め、すでに大きなバスケット一杯に色鮮やかな鶴が羽を休めていた。その鶴に何の願いを託しているのか、カズオには知る由もなかった。

「叔母さん達にあげようと思って…」

そう言って母親はカズオに微笑みかけた。最近カズオは、母親の何気ない日々の姿に接するたび、肩の力がふっと抜けるのを感じることが常だった。今日は折鶴が彩りを添え、いつもよりちょっと華やかな装いだ。

陽を受けた金、銀の折鶴は眩いほどの人工的な輝きを放ち、鶴を手にした母親は穏やかで、慎ましかった。そんな母親の姿を、首にタオルを掛け腕を組んだ、いつになく和やかな表情のカズオが見つめていた……


小物入れの側に等身大の姿見が無造作に置かれていた。今そこに、カズオ母子が目にすることのない光景が映し出されていた。

一羽の鶴が羽ばたきを始め、それが漣《さざなみ》のように広がっていき、無数の小さな鶴が一斉に飛び立ち陽を受けてきらめきながら乱舞する中、そんな輝きを押しのけるほどの、全く異質な光の発信にカズオは包み込まれていた……

スピリチュアル

二〇〇〇年九月一五日　第一刷

著者　たちばな仁

発行人　浜正史

発行所　元《げん》就《しゅう》出版社

〒171-0022
東京都豊島区南池袋四—二〇—九
サンロードビル三〇一
電話　〇三—三九八六—七七三六
FAX〇三—三九八七—二五八〇
振替〇〇一二〇—三—三一〇七八

印刷　東洋経済印刷

ISBN4-906631-59-2 C0093